オパール文庫

蜜愛契約【Ver. 弟】

御曹司社長は初恋の幼なじみを逃がさない

御堂志生

プランタン出版

Contents

※本作品の内容はすべてフィクションです。

プロローグ

桜の花が咲き乱れ、見上げた空がピンク色に染まる春――。

それは凛が八つの春だった。

母は娘を施設に預けたまま、姿を消した。

『ゴメンね、凛。お母さん、仕事が忙しくなったから……またしばらくの間、離れて暮らすことになったの。でも、すぐに迎えにくるから、いい子でいてね』

母が『また』と言うだけあり、凛はすでに三度も施設に預けられた経験があった。

四度目ともなれば、ひとりになってもとくに慌てることはない。母と連絡が取れないと言われても、凛は『知らない』『わからない』と答えるだけだった。

ただ、ひとつだけ嫌なことがあった。大人の事情なのか、預けられるたびに施設が違っていたことだ。

施設が違うと職員も変わってくる。それに仲間――同じように預けられている子供たちの顔ぶれも変わり……。

それは楽しみというより、面倒なことのほうが多かった。

一番の理由が凛の容姿である。

髪はごく普通の黒。問題は目の色だ。黒目の周りはイエローに近く、外に向かうほど深いグリーンに変化していく。母から父のことは聞かされていなかったが、施設の先生は、『お父さんは外国人なのかもしれないね』と言っていたので、たぶんそうなのだろう。

四度目に預けられた施設は男の子のほうが多く、彼らは新入りで年下の凛に対して容赦がなかった。

『おまえの目、変な色だな』

『おまえってさ、外国人なの？　だったら国に帰れよ』

彼らの気持ちはわからないではない。

運がいいのか、悪いのか――凛がその施設に預けられた数日後、施設の支援者たちを招いたイベントが行われたのだ。

先生たちは入ったばかりの凛を気遣い、彼女のためにお菓子やジュースを確保して、ホールケーキを切ったときも真っ先に取り分けてくれた。

たかがお菓子……とはいえ、食べ物の恨みは大きいという。おやつにも事欠く状況なら、なおさらだろう。

男の子たちの気持ちも、あとになれば理解できる。だが、八つの少女には酷な話だ。

『きったねー色。どぶ川のヘドロみたいだ』

『ここは日本人のための施設だぞ。外国人が俺たちの分まで食うんじゃねーよ』

年上の男の子たちに囲まれ、凄まれたのは初めての経験だった。凛は身体が竦んでしまい、何も答えられなくなる。

そんな彼女に苛立ったのか、やがて、ひとりの男の子が凛を突き飛ばした。

衝撃でケーキは地面に落ち、真っ白いクリームに土が混じって形も崩れてしまう。

凛は未練がましく、転がる苺だけでも食べられないかと手を伸ばすが……小さな苺は無残にも目の前で踏み潰された。

袋に入ったお菓子も取り上げられてしまい、耐えられなくなった凛はその場から逃げ出したのだ。

母のもとに帰りたい。

その一心で門の外を目指すが――。

門を見つけ、道路に飛び出す直前、彼女の足はピタリと止まる。

なぜなら、母が今どこにいるのか、凛は知らなかった。

それだけでなく、そもそも、自分が預けられている施設の住所すら、凛にはわからなかったのである。

行くところもなく、頼る人もいない。

凛は駐車場の片隅に座り込み、わずか八年の人生で孤独を嚙みしめていた。

『お母さん、会いたいよぉ……助けて……お母さぁん』

母のことを呼ぶうちに涙が溢れてきて止まらなくなった。それでも彼女には泣くことしかできず……。

すると、涙に滲む視界に色鮮やかな何かが差し出された。

『これをやるから、泣くんじゃない』

顔を上げると、ひとりの少年が立っていた。

先ほどの男の子たちと同じ年ごろだが、漂う雰囲気が違う。

少年は黒い詰襟の学生服姿だった。それはあつらえたばかりに違いない。新品のせいか、身体にしっくりと馴染んでいないようだ。黒い学生帽の下に見えるのは、品のある涼やかな目元。整った鼻筋を下に向かうと、薄く引きしまった唇があった。

たしか、イベントで訪れている支援者のひとり、大きな会社の社長の息子ではなかっただろうか。

凛は涙を拭うと、彼が差し出しているものに視線を向けた。

そこには、小さな星形のお菓子がいっぱい入った袋がひとつ。色とりどりの星は、甘いキャンデーに違いない。想像するだけで、凛はコクンと唾を飲み込んだ。

しゃがんだまま手を伸ばして受け取り、

『……ありがと……』

消えそうな声でお礼を言う。

少年は所在なげに近くの車にもたれかかり、大人のように腕を組んだ。

『おまえをここに預けた親が、助けに来るわけないだろう。親に期待するのはやめとけ。あいつらが大事なのは、自分たちが作ったルールに従ういい子だけだ』

彼は凛に聞かせるというより、まるで独り言のように話し始める。

『凛が……いい子でいたら、お母さん、迎えに来てくれる？』

凛が不安を口にすると、少年は意地悪そうに笑った。

『さあ、どうかな？　ルールっていっても、あいつらの気分で変え放題だし』

『じゃあ、どうしたらいいの？』

あのときの凛は、子供なりに真剣な思いで尋ねた。

すると少年は――。

『早く大人になるしかない。親のルールに従わなくても生きていけるような。誰にも文句を言われない、ちゃんとした大人になるしかないんだ』

それはまるで、少年自身が泣き出しそうなのを、堪えているかのような声だった。

（わたしと同じくらい寂しそう……でも、どうして？　社長さんの子供なのに。お父さんもお母さんもいて、帰る家もあって、すごく幸せそうなのに）

少年のつらそうな横顔は凛の胸に焼きついて、いつまでも、いつまでも残っていた。

その後——凛は四度目の施設に、中学卒業まで七年間暮らした。

七年の間に母が会いにきたのはわずか数回。しかも母は、親権放棄の書類にサインをしないまま、彼女が十二歳のとき、本格的に行方をくらませたのだ。

凛はそのせいで、養子受け入れ先を見つけてもらうこともできなかった。

そして今年、あの春から十六度目の春を迎える——。

第一章　再会

　都営地下鉄、麻布十番駅から歩いて数分――。

　加賀美凛はスマートフォンの地図を見ながら指定された住所にたどり着き、新築同然のタワーマンションを見上げた。

「高いなぁ……さすが五億円！」

　二十四歳という年齢で、家政婦歴はなんと十年近い。様々な邸宅を中心に勤めてきた凛だが、タワーマンションに派遣されるのは初めての経験だ。

　しかも今回はワケアリだけに……どうにも緊張する。

『二十代で五億円のタワーマンションに住んでるのよ。それもペントハウス!!　すごいと思わない？　代金は三ヵ月分前払いしてくれるって言うんだから、断るのはもったいないでしょう？　まあ、ちょっとした条件はあるんだけど……』

そういって『ちょっとした条件』を後出しにしてきたのは、家政婦派遣会社フリーバードの社長、鳥飼彩乃だった。

彩乃は八歳も年上のバツイチ、ふたりの子持ちであるにもかかわらず、美味しい話を持ち込まれるとすぐに飛びついてしまう。堅実な考え方をする凛にすれば、どちらが年上かわからなくなるときがある。

ちなみに凛は、フリーバードの社員ではなく共同経営者。肩書は副社長だ。

といっても、正規の社員はふたりを除いてたったの三人、あとは数人のパートやバイトを雇っている程度の零細企業だった。

社長の彩乃は、時間単位で家政婦を派遣する家事代行サービス部門の担当をしている。シフトを組んだり、パートを教育したり、手が足りないときは自らシフトに入ったり……という仕事が中心だ。

一方、凛は——お屋敷と呼ばれるような邸宅を担当していた。

専属の長期契約を主としているが、雇用主の紹介で臨時の仕事を請け負うときもある。そういった場合、凛自身が引き受けていた。

今回の仕事はその臨時に近いものだったが……。

『ちょっと待って！　その若さでタワーマンション？　それって絶対独身でしょう？　金持ちの独身男はパスって、いつも言ってるじゃない！』

凛が仕事を引き受けるのは、基本的に女主人のいる家庭だ。大きな屋敷の女主人に代わって家政を取り仕切る、あるいは、女主人の補佐をする、というケースが多い。

もちろん例外はある。数年前に仕事をリタイアし、妻に先立たれた元経営者が、老人ホームに入るまでの数ヵ月、家政を任せたいという依頼を受けたことがあった。

だが、若い独身男性――それも独り暮らしなど論外だ。

若い男性に問題があるわけではない。女主人のいる家庭にも十代の息子がいることはままあった。

しかし、子供には親の存在がストッパーになる。

一方、タワーマンションに住むような社会的成功者となると……そういった男性は得てして傍若無人に振る舞うものだ。

彼らは総じて、若い家政婦と二次元のメイドを混同している。『おかえりなさいませ、ご主人様』と言わせるくらいならまだいい。高いお金を払っているのだから、多少触れるくらい許される、という思い込みには我慢ならない。

若くしてこの仕事を始めた凛は、そういったトラブルを嫌というほど経験していた。

ほとんどの場合、立場の弱い家政婦が泣き寝入りする羽目になる、ということも……身をもって知っている。

『大丈夫だって、一部上場企業の社長さんなんだから』

『一部上場って……そういうのはなんの保証にもならないの！　第一、ちょっとした条件っていうのも怪しいじゃない』

『ああ、それ？　えーっとね……凛ちゃんがご指名なんだよねぇ』

『彩乃さーん、うちっていつから指名制になったのかな？　キャバクラじゃないんだからね！』

完全に断るつもりでため息をついたとき、彩乃がポツリと口にした。

『でも、シオンの社長さんだよ。めったなことはしないと思うんだけどなぁ』

ふいに、聞き覚えのある大型スーパーの名前を出され、凛は息が止まった。

『それって、篠原グループの？』

『そうそう、その篠原……えーっと、篠原由暉さんっておっしゃったかな？　独身家庭はちょっと、って言ったんだけど、凛ちゃんとは知り合いで、自分の依頼なら断らないはず、って……』

トクン、トクン、と少しずつ鼓動が速くなっていく。

凛は中学卒業後、篠原家で住み込みの家政婦をしながら高校に通った。

由暉はその篠原家のひとり息子だ。凛より四つ年上だった。

篠原家は小間物屋として江戸時代に創業。その後、呉服屋を経て、現在は大型スーパーシオンのオーナーとして日本流通業界に名を馳せている。

凛が働いていたころは、由暉の父、博暉が社長を務め、祖父の正暉が会長だった。

現在は二十八歳になったばかりの由暉が社長――ほんの一ヵ月前、病気療養中だった父親が亡くなったためと聞く。

凛は由暉の父に大きな恩があった。

勤め始めて三年目、凛が高校三年生の終わり、彼から大学進学を勧められたのだ。

入学金や学費、生活費まで援助すると言われては、断る理由などない。凛は篠原家を出て一年間予備校に通い、千葉の大学に合格したのだった。

由暉の父が凛を援助してくれた理由は、『親に捨てられ孤児となった子供たちへの支援』と言っていた。

だがそれは表向きの理由にすぎない。

由暉は凛にとって、〝雇用主のひとり息子〟というだけではなく――。

「お客様、失礼いたします。当マンションにご用がおありですか？　よろしければ、お手伝いさせていただきますが」

凛はハッとして顔を上げた。

いつの間にかマンションのエントランスに足を踏み入れていたらしい。

彩乃とのやり取りから、由暉のことまで考え込んでしまい、コンシェルジュのひとりに声をかけられるまでボーッとしていたことに気づく。

（ヤバイヤバイ、これじゃ不審者だわ）

今日の凛はシンプルな黒のパンツスーツだった。ネット通販の廉価品で、ハイグレードなタワーマンションの来客にふさわしいスーツではない。

だが、胸を張って堂々と着こなすだけで、印象はずいぶん変わってくる。

平均的な身長をより高く見せるためのハイヒールも、その印象操作にひと役かってくれるはずだ。

そういったことを気にするのは、凛の容姿が、平均的な家政婦からほど遠いことが原因だった。

目の色は、瞳の中にひまわりが咲いたような……いわゆるヘーゼルの瞳だった。

昔はそのせいでいじめられたこともあったが、今ではチャームポイントのひとつとして都合よく利用している。

子供のころと比べて変わったのは髪の色だろうか。

その昔、凛は実に日本人らしい黒髪をしていた。だが、歳を取るごとに色褪せてくすんだようになり……。大人になってからは、染めてもいないのにアッシュカラーに見えるようになった。

問題は、その髪の色が凛の第一印象を不真面目なものに変えてしまうことだった。緩くウェーブのかかった毛先も、その印象を助長させる要因だろう。

目の色だけでなく髪の色まで、となると、家政婦らしさが云々などと言っていられない。

副社長の肩書を得たとき、思いきって外国人風の容姿を前面に押し出すことにした。今はアンニュイな雰囲気を醸し出すメイクとファッションを選び、自らを演出するようにしている。

凛は気持ちを切り替えるため、ゆっくりと髪をかき上げた。

そして、声をかけてきた男性コンシェルジュの目をみつめ、思わせぶりに微笑む。

「どうもありがとう。では、お言葉に甘えて……ペントハウスにお住まいの篠原様に呼ばれて来たの。そちらで確認を取ってくださる?」

若い男性コンシェルジュはゴクリと生唾を呑んだあと、目をパチパチさせながら答えた。

「は、はい、承知いたしました。あ、あなた様の、お名前を、お聞かせ願えますか?」

「ええ、わたしはフリーバードの副社長で加賀美と言います」

ニッコリ笑って肩書を口にすると、とたんに男性コンシェルジュの表情に安心らしきものが浮かんだ。

彼は凛のことを、このマンションにふさわしい立場の女性、と思ったに違いない。

(嘘は言ってないもの。吹けば飛ぶような零細でも、副社長は副社長よ)

少しでも気を抜けば、ラグジュアリーホテルさながらの吹き抜けのエントランスに気後れしそうになる。

凛は必死でそんな不安を押し隠した。

「加賀美様でございますね。少々お待ちくだ……あ」

ふいに、何か……誰かを見つけたような、男性コンシェルジュはそんな声を上げて、凛の背後に視線を向けた。

気になって、凛も振り返ろうとした、そのとき――。

「呼び出してすまない。でも、来てくれて嬉しいよ、凛」

耳に流れ込んでくる声に、凛の全身が震えた。

六年ぶりに聞いた声――いや、六年前以上に、いっそう深みを帯びた声だった。心を鷲掴みにされ、一瞬で十代の少女に引き戻されてしまうくらいに。

凛が振り返るのを躊躇（ためら）ったとき、今度はいきなり肩を抱き寄せられた。

肩に置かれた手の感触……それはあまりにも突然過ぎて……。胸が張り裂けて、心臓が飛び出してしまいそうなほど、凛の鼓動は激しくなる。

「さっそく、ペントハウスを案内しよう。君も気に入ってくれたらいいんだが」

「ゆ……由暉、さ……ま」

名前を呼ぶだけで、息も絶え絶えだった。

だがこの状況は、甚だ不味い、というか……わけがわからない。

彼にとって凛は、こんなふうに抱き寄せる相手ではなかったはずだ。

（全く何もなかった、とは言えないけど……でも、由暉様は、人前でこんなことする人じゃなかったのに）

由暉と再会したら、まずは先代社長のお悔みを言おう。そして、いろいろお世話になったお礼も伝えなくてはならない。

そのあとで、今回の仕事についての確認を……と考えていた諸々のすべてが消え、頭の中が真っ白だ。

「あ、あの……これは？　わたしは」

意味をなさない言葉が口からこぼれる。

（待って、ちょっと待って、落ちついて……とにかく、ちゃんと話をしなきゃ）

凛は、今にも口から飛び出してしまいそうな心臓を必死で鎮め、勇気を出して振り返った。

そこには、初めて会ったときから変わらない、少し寂しそうで、それでいて強い意志を感じさせる瞳が彼女を見下ろしていた。

その瞳はまるで、妖しげな力を秘めた黒曜石のように輝いている。

少しずつ近づいてくる彼のまなざしに心を奪われ、凛はここがマンションのエントランスであることすら忘れてしまいそうだ。

そのとき、彼の唇がゆっくりと動いた。

「事情はあとで説明する。ひとまず、話を合わせてくれ」

吐息が耳たぶを掠め……。

凛がハッとして我に返る寸前、由暉は素早く彼女の頰にキスをした。

「エレベーターは向こうだ。ペントハウス専用のエレベーターだから、三十七階まで直行だよ。——ああ、そうだ。君たち、彼女が私の特別な女性……加賀美凛さんだ。しっかり覚えて、二度と呼び止めることのないようにしてくれ。いいね」

彼の口調がいきなり変わる。後半部分は凛ではなく、こちらの様子を、固唾を吞んで見守るコンシェルジュたちに向けたものだった。

それに応えたのは若い男性コンシェルジュではなく、少し年配の女性コンシェルジュだった。

彼女は一歩前に出て、

「承知いたしました、篠原様」

手を前で組み、恭しく頭を下げたのである。


ペントハウス専用のエレベーターというだけあり、階のボタンは——地下と一階と三十七階の三つだけしかない。

だが広さは充分に取られ、床には赤いメダリオン柄のカーペットまで敷かれている。

そのエレベーターに乗るなり、彼はスッと凛から離れた。

「コンシェルジュと何を話した？」

声がいきなり冷ややかなものに変わった。

視線を向けると、由暉は金色の手すりに軽く腰かけ、腕を組んでこちらを見ている。そ
の脚の長さに嘆息しつつ、鋭い視線に気づいて息を呑んだ。

彼の目には、凛に対する怒りや嘲りが浮かんでいる。

高校生の凛は、由暉のことを慕っていた。尊敬もしていたし、今も憎からず思っている。

だが、理由もなく触られたり、それによって侮られたりするいわれはない。

虚をつかれて呆けていたが、凛の中に自尊心が戻ってきた。

大きく息を吸って胸を張り、あらためて由暉に対峙する。

「その前に――旦那様のこと、心よりお悔み申し上げます。まだ五十代とお若い年齢で、
本当に残念です。旦那様には生前、大変お世話になって」

「世話になった旦那様の葬儀にも、顔を出さなかったのはなぜだ？」

厳しい声に由暉の怒りの理由を知った。

「参列しました！　でも、ご焼香は……控えさせてもらったので」

「芳名帳に名前はなかったぞ」

「それは……」

ある人と顔を合わせたくなかった、と言えば、由暉はわかってくれるだろうか。

昨年夏、篠原グループの社長が入院した、という噂を聞いた。しかし、非公表にされていたため、問い合わせても入院先など教えてもらえるはずがない。凛は篠原邸で働いていたときの知り合いを訪ね、やっとお見舞いに行けるよう連絡を取ってもらった。

ところが、病院の受付で凛が自分の名前を言うなり、数名のスーツ姿の男性に囲まれた。必死で、『他意はない。ただ、お世話になったお礼を言わせてほしい』と告げるのだが、返ってくるのは『お引き取りください』という言葉だけ。

そのときだ。

『迂闊(うかつ)に、お世話になりました、なんて言わないでちょうだい。まったく、あの人ったら、なんの世話をしたことやら。あたくしが何も言わないのは、夫が未成年を愛人にしたなんて世間にばれたら、妻の不名誉になるからよ』

由暉の母、優子(ゆうこ)が悪態をつきながら姿を見せた。

優子のことはよく覚えている。彼女は春になると、凛が過ごした施設にやって来ていた。事情があって親と暮らせない子供たちに、新学期に必要な文具や本を寄付する、という名目だ。そのたびにマスコミをぞろぞろと引き連れ、カメラの前ではニコニコ笑って頭を撫でてもらった。

だがマスコミが引き揚げたとたん、『さっさと離れてちょうだい！』と突き放されたのだ。

優子には、人の笑顔と親切には裏がある、ということを学ばせてもらった。

篠原家に雇われる際、この優子の存在に躊躇したが……。

衣食住の保証された仕事で、しかも高校に通わせてもらえるのだから、感謝して受け入れる以外の選択肢はなかった。

(でも、未成年の愛人って……旦那様とわたしの接点なんて、ほとんどないって知ってるはずなのに)

呆気に取られた凛が黙り込むと、

『ほーら、ご覧なさい。何も言えないじゃないの。孤児の分際で、これ以上纏わりついても、一円も恵んだりしませんからね!!』

スーツ姿の男性たちは篠原グループの社員らしかった。だが篠原家は複雑で……全員、優子の息がかかっていたように思う。

凛は彼らからも卑しい者を見るような目で見られ、病院の外に追い払われたのだった。

そんな目に遭わされて、のこのこと葬儀に顔を出せるわけがない。

だが、それでも、篠原家のおかげで高校に通えたのは事実だ。さらには、国立大学卒業という学歴まで手に入れることができた。

感謝の心は忘れたくない——その一心で参列した。

「それは……それは……」

「ひょっとして、あの連中に何か言われたのか?」

凛は息を呑んだ。

彼の言う『あの連中』の中には、もちろん優子も含まれている。だが六年ぶりの話題が、母親の悪口というのは……由暉にとって、あまり愉快なものではないはずだ。

「それより……由暉様、社長就任おめでとうございます」

あえて彼の質問には答えず、凛は強引に話題を変えた。

「……」

それが不満だったのか、由暉は口を閉じたまま、ぷいと横を向く。

だが、その程度で挫ける凛ではない。

「このたびは、当社にご依頼いただきまして、ありがとうございました。まずはお仕事の内容を伺いたく、お邪魔いたしましたが……先ほどの、妙に親しげな振る舞いがお仕事だとすれば、お断りせざるを得ませんね」

表情を険しくして、厳しい声でぴしゃりと言った。

きっと彩乃が横で聞いていたら、大会社の社長相手に何を言うんだ、と青ざめていたことだろう。

凛もいささか言い過ぎたかと思ったが――。

直後、由暉は腕で膝を押さえ、身体をふたつ折りにして笑い始めたのだ。

「相変わらず、強気な奴だな。でも、おまえらしい」

エレベーターの閉ざされた空間にホッとした空気が広がる。

「わたしは、びっくりしました。由暉様がこの六年の間に……あんなふうに、変わってしまったのかと思って」

「それは、本心か?」

探るような声にドキッとするが、彼はすぐに柔らかい声色に戻った。

「いや、なんでもない。さっきのあれにはそれなりの理由があるんだが……まあ、でも、内心はビクビクだった。コンシェルジュの前で引っ叩かれたら、取り繕いようがないからな」

たしかに、頬とはいえ人前でキスされたのだ。

どんな理由があるにせよ、凛が望まなかったといえば、由暉をセクハラで訴えることもできる。

「叩かれるくらいなら、まだマシですよ。新社長がセクハラで訴えられたりしたら、シオンブランドのイメージダウンになります。気をつけないと――」

「そうだな。あの連中のご機嫌を損ねたら、社長はクビかもな」

自虐的な口調に、凛は言葉を失った。

篠原家で住み込みの家政婦として暮らした三年の間に、凛が見聞きしたこと。それは決して他言できることではないし、するつもりもない。

だが――。

(由暉様にとって、家族は味方ではないのよね。あれから六年も経ってるのに、旦那様が亡くなっても、変わらないままなの?)

そのことを尋ねるべきだろうか?

だが、昔話をするのであれば、凛には他に聞いておきたいことがあった。

「あの……由暉様、わたしは」

「とりあえず、黙って部屋までついて来てくれないか?」

由暉は強い口調で凛の言葉を遮る。そんな彼からは、先ほど感じた侮蔑的な感情は伝わってこなかった。

「さっきの馴れ馴れしい素振りも、今回の依頼内容も、部屋に戻ってひとつ用件を済ませたら、きちんと説明する」

彼が言葉を終えたと同時に、エレベーターは三十七階に到着した。

「はい。わかりました」

凛には受け入れる以外の返事はなく――。

三十七階のペントハウス。吹き抜けのリビングからは二方向の美しい景色が拝めるようになっているという。

この高さだ。きっと夜になると首都高を駆け抜ける色とりどりの光の帯に、目を奪われることだろう。うっとりするようなロマンティックな夜景を想像して、つい、ここで働けたらいいな、と考えてしまう。

（ちょっと、しっかりしなさい‼　タワーマンションの夜景につられてどうするのよ。仕事の内容を聞きにきただけでしょ⁉）

気持ちを引きしめようとするのだが、昔とは微妙に変わった由暉の姿を目にするたび、どうも上手くいかない。

スーツがとても似合うようになった。

二十八歳になったばかりのはずだが、年齢以上の風格を感じる。予期せぬ若さで篠原グループを背負うことになったプレッシャーが原因だとしたら、喜ばしいことではないのかもしれない。

（もしそうなら、ごちゃごちゃ言わずに、力になるべき？）

説明を聞く前に、すでに気持ちは依頼を受ける方向に傾いてしまった気がする。

凛の胸に複雑な思いが浮かんだとき、彼は立ち止まって玄関のドアを開け、「どうぞ」と招き入れてくれた。

彼の横を通り抜け、玄関に足を踏み入れた瞬間――。

「お帰りなさい、由暉さん！」

花柄のエプロンをつけた女性がいそいそと出てきて、凛は啞然とする。

女性のほうも絶句していたが、すぐに我に返ったようだ。

「あなたは誰？　オートロックでコンシェルジュまでいるのに、どうしてここまで来られたの⁉　それに、鍵はちゃんとかけてあったはずだけど」

エプロンのせいだろうか、家庭的でおとなしい女性に見えたが、凛に向けた視線は刃のように鋭い。

「いえ……わたしは、あの」

いつもの凛なら、もう少しまともな返事ができただろう。

だが、由暉と六年ぶりに再会したせいか、浮かれた気分のまま頭がよく回らない。

「鍵を開けたのは私だ」

凛の後ろから由暉が顔を出すなり、女性の表情が変わった。

見事な変わり身で、これなら騙される男性もいるだろう、と思える。

「まあ、由暉さん、お帰りなさいませ。じゃあ、こちらの女性は秘書の方かしら？　ごめんなさいね。わたくし、由暉さんの婚約者で円城寺麗華（えんじょうじれいか）と申しますの。彼には纏わりつく女性が多くて、あなたもそのひとりかと思ってしまって」

自慢気に言うと、麗華はニッコリ微笑んだ。

「こん、やく、しゃ？」

由暉の立場なら、婚約者がいても不思議ではない。すでに結婚している、と聞かされてもおかしくないと思っていた。

だが、そうだとしたら、コンシェルジュの前で凛のことを、『私の特別な女性』と言ったのはどういうことだろう。

凛がそれを尋ねる前に、由暉の厳しい声が聞こえたのだった。

「私に纏わりつく女の筆頭があなたなんだが……。いったい、いつになったら、そのことを理解してくれるんだ？」

「え？」

由暉の言葉に驚き、凛は目を見開いた。

「酷いわ！　わたくしは、篠原会長から正式に婚約を打診されましたのよ！　父も母もとても喜んでくれております!!」

「会長から打診されたなら、会長と結婚すればいい。私が妻にと望んでいるのは、ここにいる彼女だけだ」

と言いながら、由暉は凜の肩を抱いた。

「!?」

さすがに驚き過ぎて、言葉が何も思い浮かばない。

麗華のほうは、突き刺さんばかりの視線で凜の顔を睨んでいる。

由暉はそれに気づいているのか、いないのか、

「あなたの言うとおり、纏わりつく女が邪魔なんでね。彼女と一緒に住むことにした。父の喪が明けたら、正式に結婚するつもりだ」

「そ、そんなこと……会長がお許しにならないわ!」

「私の結婚に会長の許可はいらない。あなたの許可もだ。ああ、鍵は今日中に取り換えるので、会長から渡された合鍵はそちらで処分してくれ」

極めて冷静な由暉と違い、麗華は憤怒の形相に変わってくる。しかもその怒りは、すべて凜に向かっているかのようで……。

「あなた……由暉さんに、何をおっしゃったの!?」

「わたし、ですか?　いえ、わたしは、何も」

かろうじて答えた瞬間、凜の頬に平手が飛んできた。

ふい打ちだったので避ける間もなく、パシンという音が玄関に響く。

「おいっ!　なんのつもりで――」

麗華との間に入ってくれようとした由暉を、引き止めたのは凛だった。叩かれたときは目がチカチカした。だが、一発喰らったおかげで、自分らしさが戻ってきた気がする。

凛は下腹に力を入れ、一段高い位置にいる麗華を見上げて言い放った。

「これで満足なさったなら、二度とこの人に纏わりつかないでくださいね。あと、わたしたちの家に、勝手に出入りするのもやめてください」

わざと『わたしたちの家』という部分に力を込める。

麗華は『はい』とも『いいえ』とも答えず、無言で帰って行ったのだった。


冷たいタオルを頬に押し当てられた。

「悪かった。まさか、手を出すとは思わなかった。しかも、俺じゃなくて、おまえを叩くとは……ったく、女ってヤツは、本当にわからん」

彼は凛の隣に腰を下ろしながら、大きなため息をつく。

気取った口調が、ふたりきりになるとラフなものに変わる。それは、ひとつ屋根の下で暮らしたころと同じで、ふたりの時間を巻き戻していく。

リビングはダイニングと兼用で三十畳はありそうだった。

白い壁に高い天井、上の階まで吹き抜けなのでよけいに広く感じる。しかも、南西の二面は床から天井まで窓ガラスになっており、あらかじめ聞いていた以上の開放感だ。最高の見晴らしだが、高所恐怖症ならこのリビングに入ることもできないだろう。

インテリアは以前の由暉の部屋と同じく、モノトーンでまとめられていた。

中でも目を引くのが、今、ふたりが座っている白いレザーのラウンドソファ。幅四メートルはあるだろうか。凜の住んでいるワンルームマンションなら、部屋の半分が埋まってしまいそうな大きさだ。

それにもかかわらず、ふたりの距離は触れそうで触れない、微妙なものだった。

凜は深呼吸をひとつして、
きっぱりと返事をした。

「いえ、これくらい、どうってことありませんから」

八歳のときから施設で暮らしていたのだ。凜にとってピンタのひとつやふたつ、たいしたことではない。

「そんなことより、わたしったら、つい調子に乗って、喧嘩を売るようなことを……申し訳ありません」

由暉の態度から、あの麗華が本当の婚約者ということはないだろう。

だが会長といえば由暉の祖父、正暉のことだ。彼は亡き息子に社長の椅子を明け渡したあとも、一族のトップとして君臨し続けていた。

篠原家のお屋敷には、母屋のほかに離れがあり、会長夫妻はその離れで暮らしていた。家政婦は長年勤めていた者ばかりが選ばれ、凛のような若輩者は、離れへの出入りすら許されなかった。

そんな下っ端の凛でも、噂くらいは耳にする。

『お客様が離れの大旦那様にご挨拶してから、母屋に来るんだものねぇ。旦那様も面白くないと思うわ』

『奥様のほうがピリピリしてるわよ。社長はあなたなのに、って旦那様にあたるあたる』

先輩の家政婦たちは、面白おかしく話していた。

その会長が今も変わらず権力者だとしたら、凛は危険な相手を敵に回したことになる。

「さっきの円城寺……麗華様は、どこかのお嬢様なんでしょう？　会長……大旦那様が薦められた女性をあんなふうに追い出して、由暉様が困ったことになりませんか？」

「いや、逆にありがたいくらいだ」

「ありがたい？」

予想外の返事に、凛は彼の顔をジッとみつめた。

「言っただろう？　依頼内容を話すって……でも、住み込みの家政婦兼婚約者、なんて非常識な依頼だからな。悩んでいたところに、おまえから切り出してくれて、助かった」

「え？　え？　ええっ⁉」

そんな突拍子もない依頼を引き受けるなど、ひと言だって言った覚えはない。

しかし、

「わたしたちの家に、勝手に出入りするのもやめてください――って言ったよな？」

「それは……言いました、けど」

それと依頼は別だろう、と言いたいが、

「円城寺を追い出したってことは、会長に喧嘩を売ったも同然だ。社長である俺の庇護を受けたほうが、おまえのためだぞ。共同経営者に迷惑をかけたくないだろう？」

さりげなく脅されているように感じるのは、気のせいだろうか？

それに彼は『住み込みの家政婦兼婚約者』と言った。

「ちょーっと待ってください、由暉様！　住み込みなんて……せめて、通いで」

「俺がさっき言ったことを聞いてなかったのか？」

凛が首を捻ると、彼はネクタイを緩めながら脚を組み替えた。

「厄介な女は円城寺だけじゃないんだ。日本に戻って一年になるが、安心して眠った夜はひと晩もないよ」

由暉の言葉に凛は息を呑んだ。

――彼が父親の病状を聞かされたのは、昨年の一月のこと。

凛が篠原家を出た同じ年、由暉も大学を卒業してアメリカに留学した。留学先の大学でＭＢＡを取得したあと、日本五大商社のひとつに入社。そのまま、ニューヨーク支社に配属されたという。

三年ほど海外で働き、そろそろ日本の本社勤務も経験したほうがいい、と言われたとき、父親が重篤な病に罹っていることを知った。

彼は父親の代わりを務めるべく、急ぎ篠原グループに入ったが、一族の人間が話題にするのは、父親が亡くなったあとのことばかりで……。

権力や財産に群がる人々の腐臭に耐えきれず、由暉は父親名義だったこのマンションで暮らすようになったという。

「あの連中は、それが面白くなかったらしい。俺のことをコントロールするため、女を嗾けるだけじゃなく、大学時代の友人や家政婦まで買収してスパイにしたんだ」

最初は、色仕掛けで由暉を言いなりにしようとしたらしい。

それが無駄だとわかると、大学や商社時代の友人を使い、この部屋に盗聴器を仕掛けようとした。

その工作も失敗に終わり……今度は通いの家政婦にお金を渡し、由暉の行動を逐一報告させるようになり――。

「それに気づいて家政婦はクビにした。すると次にやって来たのは自称婚約者だ」

食事はすべて外食で済ませればいい。スーツはクリーニングに出し、下着類は使い捨てにする。部屋が多少汚れたままでも、死ぬことはない――と、由暉は半ば諦めの境地に達してマンションに戻った。

すると今度は、身に覚えのない婚約者が部屋の中を闊歩していたというのだから……。

「いつ、誰が、部屋に入ってくるかわからないんだ。そんな家で熟睡できるほど、俺の神経は太くない」

お手上げのように両手を頭の後ろで組み、由暉は大きく息を吐いた。

かける言葉が見つからない。

今から十六年前、初めて由暉に出会った。母に置いていかれた施設で男の子たちに苛められ、駐車場の隅で泣いていたところを、彼に慰めてもらったのだ。

そのときは由暉の名前も知らなかったが……今の彼は、あの日と同じ、寂しい色の目をしている。

凛はどうにか考えを巡らせ、喉の奥から声を押し出した。

「いっそ、ホテルとか?」

「厳重なセキュリティが売りのマンションでこれだぞ。いったいどこのホテルなら安心なんだ?」

「それは……」

下で顔を合わせたコンシェルジュの中には、会長の息のかかった人間がいるのだろう。

それを考えれば、たとえどんなホテルであっても、従業員のひとりやふたり、簡単に買収されてしまう気がする。

「世界中の人間が敵に思えてくる。誰を信用していいのかわからない。おまえだって、連中の誰かに命令されて、ここにいるのかもしれないだろう?」

「違います！　それだけはあり得ません！　わたしは」

凜は必死で否定するが、

「それでもいい。おまえに寝首を掻かれるなら、諦めがつく。だから、家政婦を依頼したんだ」

彼はこちらをジッとみつめ、力なく呟いた。

胸の奥が軋むように痛む。同時に、後悔の思いが胸に押し寄せた。六年前、篠原家を出たのは間違いだったのかもしれない、と。


――あの日、由暉の父は凜に大学進学の話をしたあと、こう言ったのだ。

『息子から話は聞いた。君に不埒な真似をしたらしいね。本人も後悔している。慰謝料などといった大げさなことにはしたくない。君がもし、少しでも息子のことを慕ってくれているなら、黙ってこの家を出て、大学で学ぶ道を選んでくれないか？』

その一ヵ月前、高校三年生の凛は十八歳の誕生日を迎えた。

由暉と知り合って以降、誕生日には決まってくれるものがあった。カラフルなこんぺいとうが詰まった袋。それは必ず彼の部屋のテーブルに置かれていて、『もらったけど、俺は食わないから、おまえにやるよ』と言うのだ。

その中にはいつも、小さな袋に入ったアクセサリーが入っていた。

オープンハートのネックレス、小さな真珠のイヤリング、十八歳の誕生日にはピンクゴールドのブレスレット。

メッセージも何もなく、無造作に放り込まれているだけだったが、それがたまたま入っていたわけがない。

凛は三年分のお礼が言いたくて、その夜、こっそり彼の部屋を訪ねた。

だが、『ありがとうございました』と頭を下げる彼女に、

『もらいものだと言ったはずだ。中身は、俺の知ったこっちゃない』

高校生の少女にとって、大学生の彼は一人前の大人に見えた。

ぶっきらぼうに答える横顔すら凛々しくて、まるで住む世界の違う王子様でもみつめるように、熱いまなざしを向けていたことだろう。

そんな凛に、彼は誘惑されたと思ったのかもしれない。

初めてのキスは、わずか数秒――重なった瞬間に離れていた。そのまま突き飛ばすように彼の部屋から追い出されたが、身体が火照ってその夜は眠れなかった。

二度目のキスはそれから三日後。

三度目はその翌日だった。

ふたりの距離は加速するように縮まり、そして、回数を重ねるごとにキスの時間が延びていった。

キスの回数が片手で足らなくなったとき、凛は由暉の父から呼び出されたのである。

唇を押し当てるだけの拙いキスに、永遠の愛を求めたわけではない。

だが、由暉にとってあのキスは、『不埒』であり『後悔』だった。そう聞かされた直後、彼は予定より半年も早く、留学のために渡米した。

凛は由暉の真意を聞く機会もないまま、篠原家を出たのだった――。


「あの、ひとつだけ確認しても……」

「凛、おまえに聞いておきたいことが……」

ふたりの声が重なり、リビングに気まずい空気が漂った。

「確認しておきたいこととはなんだ?」

「いえ、由暉様のほうこそ……何をお聞きになりたいんですか？」

「いいから、先に言え」

押し問答になりそうなので、凛は少し考えて口を開いた。

「もう、六年も前ですけど……どうして……あんな、こと」

キスと言えず、ついぼかしてしまう。

「あんなこと、とは？」

「言わなくても、おわかりでしょう？」

「わからないから聞いている」

凛は息を吸って居住まいを正した。

「キス、したことです。後悔するくらいなら、どうして？」

「今さら聞いてどうする？　おまえだって、喜んでたように見えたぞ」

今度は凛の言葉をかき消すように、質問に質問で返してきた。

その挑発的な言い方に、凛は頰が熱くなる。

「わ、わたしが、どう思っていたかなんて、そんなことじゃなくて……由暉様が」

「じゃあ答えてやる。後悔したことなんか一度もない！　嬉しそうな顔をして、俺をその気にさせて、利用したのはおまえのほうだろう？」

言葉の端々に怒りが滲んでいた。

　そんなはずがないのだ。由暉が後悔して父親に告白したからこそ、凛は呼び出されて篠原家を離れるように諭された。

　だが、何も受け取らずに出て行くこともできた。支援という形でも受け取ってしまった以上、凛のほうが由暉を利用したことになるのかもしれない。

　彼がそう思っているのだとしたら？

「それは……」

　凛が口ごもったとき、由暉は素早くふたりの距離を詰めた。

　そのまま、覆いかぶさるようにして凛に口づける。

　六年ぶりのキスだった。かつてふたりが交わしたキスは、触れるだけのこそばゆいキス。でも今は、唇を押しつけられ、吐息すら奪っていく――大人のキスだ。

　離れる瞬間、唇を甘噛みされ……凛の身体は小さく震える。

「もう一度言うぞ。後悔はしていない。六年前も、今も」

　その声に偽りの気配はない。

　凛をみつめる目にも、ただ、怒りがあるだけだ。

（どうして、こんなに怒ってるの？　六年前のことは……旦那様の言葉が、由暉様の望みだと思ったから）

「なんとか言えよ、凛」

その言葉とともに、ふたたび彼の唇が近づいてきて……。

次の瞬間、凛は彼を突き飛ばしていた。

「家政婦は……引き受けます。ここに住み込んで、無断で入り込む自称婚約者も、わたしが追い払います。でも、ベッドの相手は……お断りいたします！」

心と裏腹のことが口をついて出る。

凛の心は彼を求めていた。だからこそ彩乃には、直接話を聞いてから引き受けるかどうか決めたい、と言って、面接の名目で段取りをつけてもらった。

篠原グループを束ねる本家の御曹司——そんな彼は雲の上の存在だ。その節はお世話になりました、と言って会いに行ったところで、簡単に会ってもらえる立場ではない。

だが、彼からコンタクトを取ってきた今なら会える。

それどころか、由暉に雇われることができたなら、家政婦としてふたたび彼の身の回りの世話ができるのだ。

彩乃には断ると言いながら、凛は密かに胸を躍らせていた。

(時間をやりくりして、仕事は引き受けたいって思ったけど……でも、住み込み？　婚約者のフリ？　そんなの、絶対に無理よ)

キスされただけで、凛の身体は甘く震えている。もう一度キスされたら、そのまま押し倒されようものなら、抵抗らしい抵抗もできずにされるがままだろう。

凛は逃げ出したい衝動に駆られ、ソファから立ち上がった。

そのときだ。

「ベッドの相手をしろとは言ってない。じゃあ、これで契約は成立だな。仕事は今日からだ。逃げたら、多額の賠償金をフリーバードに請求してやるから、覚えておけ」

由暉は当たり前のように、凛の背中に言い放った。

それは、もう逃げることができない誘惑の檻に、足を踏み入れた瞬間だった。

☆　☆　☆

――六年前、大学の卒業式を終えて帰宅するなり、父の書斎に呼びつけられた。

「由暉、おまえは使用人に手をつけたのか?」

あまりにも思いがけない質問をされ……絶句する由暉の頬に、父の拳が飛んできたのだ。

「なんということだ。まさか、おまえがそんな真似をするとは。彼女は未成年で、しかも高校生だぞ!」

父の決めつけに怒りは感じなかった。

むしろ、生まれて初めて父子として向かい合った気がして、由暉は感動すら覚えていたように思う。

たったひとりの後継者が女性に、それも未成年の高校生に、雇用主の息子という権力を使って関係を強要した——おそらくは、そんな誤解をしているのだろう、と。

事実を正確に伝えれば、今の父ならわかってくれるのではないか。

だが、そんな由暉の思いは見事に打ち砕かれた。

「金を要求してきている」

「!?」

三日ほど前から凛の姿が屋敷になかった。母の里帰りに同行を命じられたらしく、あと数日で戻るという話だ。

これまでも何度かあったことなので、たいして気にかけてはいなかった。

「デタラメだと思い、相手にもしてこなかったが……どうやら、きちんと話をつける必要がありそうだな」

「馬鹿な、そんなこと……第一、俺たちは」

何もしていない、とは言えない。

凛の十八歳の誕生日をきっかけに、何度か唇を重ねた。誰にも知られず、今の関係を続けることができたなら、近いうちにもっと深い仲になっただろう。

その思いが後ろめたさとなり、由暉の判断を鈍らせた。

「彼女は大学への進学を希望している。おまえに逆らって追い出されたら、高校も卒業できなくなるから、何をされても我慢した……そう聞いている」

そんなわけがない。

凛はそんな娘ではない。

言葉にできない思いが胸を塞ぐように苦しくなる。由暉はその苦しさから逃れたい一心で、淡い思いを心の奥に閉じ込め、鍵をかけた。

「まさかとは思うが、おまえのほうはあの娘に本気だった、とは言わないだろうな?」

父親に見透かされて、『はい、そのとおり』と答える息子はいない。

「そんな、こと……彼女は、孤児ですよ。結婚しても、なんのメリットもない。俺は……いえ、僕は将来のことを考えて、相手を選ぶつもりです。お父さんを見習って」

声にするうち、熱が冷めていくようだった。

その夜、凛が金を受け取った、と聞かされた。

由暉の中で、凛の存在は特別だった。

母には奉仕の精神など欠片もない。それでも施設を訪れるのは、篠原グループの社長夫人は、チャリティに熱心で子供好きな心優しい女性――子供たちに囲まれた写真を撮って、マスコミにそう称賛されるためだ。

そんな茶番に付き合わされるのは、由暉にとって苦行でしかない。

その思いが変わったのは、凛と二度目に会ったときだった。

『あのとき の……一年前のお兄さんですよね？　ああ、よかったぁ……絶対にもう一度会いたかったの！　わたし、頑張っていい子にしてます。お母さんも、一度会いにきてくれたの。今は難しいけど、また一緒に住もうねって言ってくれたんです！』

凛に初めて会ったのは中学に入ったばかりの春のこと。

その日、苦行に耐える由暉の目に映ったのが、母親に会いたいと泣く少女。彼はその少女が羨ましくてどうしようもなかった。

由暉が話しかけようとすると、家族に関わる時間などもったいない、仕事の邪魔をするな、と怒る父。

どれほど頑張っても、由暉の足りない点ばかりを責め、おまえは愚図で頭が悪い、将来会社を継いでもすぐに潰すだろう、と呪いの言葉ばかりを吐く母。

もし自分がここに置き去りにされたら、間違っても父や母に会いたいと口にすることはないだろう。それどころか、彼には泣きながら会いたいと願う相手がひとりもいなかった。

自分が酷く不幸に思えて、年端もいかない少女に『親に期待するのはやめとけ』と、苛立ちをぶつけた。

それなのに……。

『わたしが頑張れたのは、お兄さんが優しくしてくれたおかげです。どうもありがとう！』

一年前は細くて小さくて、新一年生に見えたが、二度目に会ったときはしっかりしていて、四年生になったばかりだと言われた。

物心ついてからずっと、由暉の心は猛吹雪に晒されてきた。ジッと耐えているうちに、しだいに凍りついて何も感じなくなっていった。

考えることすら億劫になっていた彼の心を、動かしてくれたのは凛だった。

そんな彼女を身近に置きたくて、チャリティの一環だと両親を説き伏せ、家政婦として雇い入れたのだ。

人に多くを期待してはいけない。

そう思いながらも、凛への期待は募る一方で……。

キスしたとき、思いを遂げたような気がした。

(そんなこと、あるはずがないのに。人生が、そんなに甘いわけがない。全部、わかっていたくせに……俺は)

由暉はグッと奥歯を噛みしめる。

あの日、珍しくオーダーメードスーツを着込んでいた。

上着のポケットから、白いリボンの巻かれたミントグリーンのケースを取り出し、一瞬、躊躇ったあと、ゴミ箱に叩き込んだ――。


『どうして……あんな、こと』

『後悔するくらいなら、どうして？』

凛が重ねて尋ねたこと――その答えは、むしろ由暉のほうが聞きたいくらいだ。

たしかに、甘い言葉は口にしなかった。だが、伝わっていると思っていた。だからこそ、彼女は応じてくれるのだ、と。

由暉の期待を裏切り、キスをセックスのように話して、父から金を引き出したのは凛のほうだ。

二度と会う気はなかった。

彼女の顔を見たら、無垢な顔をして由暉を利用した罰を与えてしまうだろう。

(仕方がなかったんだ。父さんが、あんな言葉を遺すから……)

死を前にした父の告白。

それは由暉の人生観を、変えざるを得ないものだった。

第二章　婚約

凛が家政婦として雇われて三日目。

ようやく、全体の掃除に一段落がついた。

いったいどれくらい掃除をしていなかったのだろう。キッチンやリビングは、それなりに使っているらしく、埃は積もってはいなかった。だが、それ以外の部屋は何ヵ月も放置されていたとしか思えない。

（家政婦さんをクビにしたのって、ひょっとして去年とか？　掃除機に埃が積もってるなんて、信じられない）

しかも、ひとり暮らしだというのに、無駄に広い。

父親名義のマンションと言っていたが新築同然だ。博暉が利用していたとしても、期間は短いだろう。

リビングと同じフロアには、小さな寝室がふたつ。小さな、といっても八畳程度はあるので、庶民の感覚なら決して狭くはない。凛はそのひとつ、専用のシャワーブースとバルコニー、クローゼット付きのゲストルームに住むことになった。

『ちょっと凛ちゃん、どうなってるの⁉　三ヵ月分、すでに入金されてるんですけど』

彩乃から連絡があったのは、ここを訪れた当日の夜だった。

由暉から、すぐに仕事に入るように言われたあと、とりあえず身の回りの荷物だけ取りに帰ることを許してもらった。

そのときに事務所に立ち寄ることも、彩乃に電話を一本入れることもできたはずなのに、完全に失念していた。

凛がどれほど混乱していたか、それだけでわかろうものだ。

だが、彩乃の言葉はさらなるプレッシャーを凛に与えた。

『向こうの弁護士が作成したらしい書類も届いて、篠原様の都合で打ち切った場合、返金不要でさらに違約金を払うって。でも、うちの都合で打ち切ったら全額返金の上、相応の違約金を請求するってなってるんだけど……大丈夫だよね？』

凛の気が変わらないうちに、と先手を打たれたらしい。

少しも〝大丈夫〟ではなかったが、

『大丈夫よ。でも、住み込みになったから、しばらくの間、他の仕事ができそうにないの。

最近は営業中心に動いてたから問題はないんだけど……派遣先でトラブルがないようにフォローだけお願いできる？　こっちのほうは、上手くやるから』

するとと彩乃は『忙しくなりそうなら、社員増やしちゃう？』などと浮かれた調子で笑っていた。

（上手くやれるのかなぁ、わたし。でも、まあ……今回ばかりは、彩乃さんが深読みしない人でよかった）

凜は掃除機を抱え、ため息をつきながら階段を上がっていく。

上のフロアにあるのは三畳分のウォークインクローゼットが付いた主寝室と、思いっきり広いバスルーム。

とくにバスルームはルーフバルコニーに繋がっていて、そこにはジャグジーまである。ジャグジーに入りながら東京を一望するなど、庶民の凜には一生できない経験だろう。

由暉が本物の婚約者と一緒に住むとしたら、きっとふたりでジャグジーに浸かり、蕩けるような時間を過ごすに違いない。

（あんな強がり、言わなければよかった。そうしたら、雇われてる間だけでも、婚約者として由暉様に扱ってもらえたかもしれないのに）

主寝室にはジャグジーが見える窓がついている。

凜は掃除機をかけながら、窓からジャグジーをみつめ……キスだけで終わった初恋に思いを馳せた。

とりあえず三ヵ月、それが契約期間だ。

だが、彼はいつまでこのマンションで暮らすつもりだろうか。お屋敷を出た経緯は聞いたが……考えてみれば、今の当主は由暉なのだ。どれほど会長の力が大きくても、社長である彼がここまで蔑ろにされていいはずがない。

逆に言えば、お屋敷を明け渡し、マンションに逃げ込んでしまったからこそ、こんな形で干渉を受けていると言えなくもない。

とはいえ、実家に戻るので一緒に来てくれと言われたら……。

「いや、それは無理……だって、奥様が」

凛は掃除機の電源を切り、ひとりごちる。

病院で顔を合わせたとき、優子は凛と由暉の関係を口にすることはなかった。

それは、博暉が息子から聞いた告白を、妻には話さなかった、ということだ。間違っても仲のよい夫婦には見えなかったので、そういうこともあるのかもしれないが……。

「母がなんだ？」

「きゃあっ!?」

ふいに真後ろから声がして、凛は驚くあまり前のめりに倒れかけ――。

次の瞬間、逞しい腕に支えられていた。

「おいおい、ご主人様のお帰りだぞ。悲鳴を上げてどうするんだ？」

「おっ、お帰りなさいませ！　でも……雇うだけ雇って、一昨日の夜も昨日の夜もお戻りじゃないので、てっきり今夜もって」

実を言えば、主寝室に掃除機をかけるのは、本日二度目だ。今夜も戻らず、明日になっても連絡がないようなら、一度、会社に顔を出してこよう、と思っていた。

そんな思いを込めて悪態をつくが、当の由暉に抱えられたままなので、どうにも迫力が出ない。

彼もそれをわかっているのか、決して凛を放そうとせず、

「これでも社長だからな。急な出張のひとつやふたつはあるんだ」

「でも、ご連絡はいただきませんと……さすがに三日連続で食材を無駄にはできませんので、今日は夕食の用意をしていません。っていうか……いい加減、放してください」

三日前にも感じたことだが、今の由暉は朴訥だが誠実さを感じた大学生のころとは違う。きっと彼はこの六年間で、たくさんの女性とたくさんの経験を積んだのだろう。

「本当に？　本当に放してほしいのか？」

「それは……」

当たり前じゃないですか――と言いかけ、彼の視線を感じて口を閉じる。

ここは由暉の主寝室だった。このまま押し倒されてもおかしくない位置に、特大サイズ

のベッドがある。

しかも、ここには彼とふたりきり……。

邪念ばかりが頭に浮かんできて、呼吸も荒くなってしまう。

すると、ふいに由暉が堰を切ったように笑い始めた。

「エントランスでコンシェルジュに笑いかけた顔は、下品な女そのものだった。この六年で嫌な女になったと思ったが、そうでもなさそうだな」

「そうでもって……どういう、意味ですか？」

答えを聞く前に、彼の視線が凛の唇辺りを彷徨う。

「顔が真っ赤だ。それに、今思えば、相変わらず下手くそなキスだった」

「お引き受けしたのは、自称婚約者を追い払うためのお芝居で……キ、キスのテクニックなんて、契約には入ってませんから！」

悲しくても、困っていても、強気で言い返してしまうのは凛の悪い癖だ。

そのとき、由暉が何かに気づいたように、辺りを見回した。

「この匂い……昔、おまえが俺の部屋に置いた、ルームフレグランスか？」

「あ、はい。カモミールです。あのとき、最初に置いたベルガモットの香りは臭いって言われて、次にジャスミンを置いたら、今度は甘ったるいって」

篠原家で働いていたとき、若くて経験の少ない凛は一番下っ端で掃除の担当だった。

高校の授業が終わって即行で帰ってきても、十六時は回ってしまう。それから家人が戻ってくるまでに掃除を済ませなくてはならず……。

夕食も取らずに必死で働く凛に向かって彼は、

『おまえみたいなガキは信用ならない。俺のいないときに、勝手に部屋に入るな。掃除は俺が帰宅してからにしろ』

最初は酷いことを言われたように感じた。

だがそれは不器用な由暉の優しさだった。彼の部屋を最後に回すことで、凛は早めに夕食が取れるようになったのだ。由暉の帰宅が遅くなったこと、それが、凛に食事の時間を与えるためだとわかった。

高校一年生の凛が恋心を抱くのに充分な理由だろう。

思い出とともに、そのころのときめきまで胸に浮かんでくる。

「ああ、そうだったな。その嫌がらせに、トイレの芳香剤を置いたんだ」

「違いますっ！　あれはホワイトローズのルームフレグランスで、トイレの芳香剤じゃありませんから!!」

掃除の時間をずらしたことで、毎夜、部屋でふたりきりになった。

由暉との距離は日を追うごとに縮まっていき、そのとき、彼から聞いたのだ。自分は眠りが浅く、熟睡した記憶がない、と。

凛はいろいろ調べて、緊張を和らげる効果のあるベルガモットの香りを選んだ。何度か却下されてカモミールに行き当たり、やっと『この匂いなら落ちつく』と由暉に言われたときは、本当に嬉しかった。

今回も『日本に戻って一年になるが、安心して眠った夜はひと晩もない』という彼のために、同じルームフレグランスを探してきたのである。

「お気に召さないようでしたら、別のルームフレグランスに変えますので、遠慮なくおっしゃってください」

そう言ったとき、由暉の手が身体から離れた。

「いや、いい。この匂いは落ちつくんだ。……俺の本能が、これでないと嫌だと言ってる。わかっていたんだが……もう、抵抗するのはやめにしよう」

やけに深刻な言い方だったため、凛のほうが驚いてしまう。

「あの……由暉様？」

声をかけた直後、由暉はネクタイをほどいた。

首から外し、ベッドの上に放り投げる。その上に脱いだスーツの上着とワイシャツも重ねた。

「あ、あの、お風呂なら……お湯がまだです。少しお待ちいただけたら」

「時間がないんだ。シャワーで済ませる」

「お仕事ですか？　お食事は……簡単なものなら、すぐに」

そのまま、ズボンまで脱いでしまいそうな由暉から目を逸らし、凛は脱いだものを慌てて集めていく。

ワイシャツはそのままクリーニングに出し、スーツはそう頻繁に出すものではないので、スチーマーでシワを伸ばしてからクローゼットにしまわなくてはならない。

凛がネクタイを手に取ったとき、

「レストランの予約がある。歩いて行ける距離だが……予約の時間まで三十分もない。ハイヤーを呼んでおいてくれ」

「わかりました。すぐに手配します」

「ああ、おまえも急げよ」

「あ、はい」

とりあえず返事はしてみたものの、凛が急ぐ理由などあるだろうか？

「……えっと、ハイヤーの番号は……」

コンシェルジュデスクに電話をして、手配してもらうほうが確実だろう。とりあえず、スーツをかけておくため、ウォークインクローゼットに飛び込もうとするが、

「そっちじゃない」

「え？　でも、上着はかけておかないと、シワになるので」

と言いながら、迂闊にも振り向いてしまった。

そこにはスーツのズボンを手にした半裸の——黒のボクサーパンツ姿の由暉が立っていた。

凜の血圧は一気に上昇し、目の前に星が散った。

「だから、上着のことでも、ハイヤーのことでもない。レストランには、おまえも一緒に行くんだ」

「え？　え？　でも、わたしは」

「服はなんでもいいが、エプロンは外してこい。ご主人様の命令だ」

凜に考える時間を与えたくないのか、スーツのズボンを放り投げてきた。

おまけにボクサーパンツにまで手をかけられては……凜はあたふたとしながら彼に背中を向ける。

「わ、わたしは、家政婦で……仕事の内容につきましては……」

「ごちゃごちゃうるさい。ほら、忘れ物だぞ、家政婦さん。これも、しっかり洗濯しておいてくれ」

真後ろに気配を感じる。

頭上から由暉の手が伸びてきて、目の前に黒い物体が吊るされた。その物体は……ほんの数秒前まで、彼の下半身を隠していた唯一の布地。

（ふ、振り向かない……いや、振り向けない。昔もこんなだった？　違うよね？）

ボクサーパンツをひったくるように摑むと、

「わかりました！　失礼します！」

凛は叫んだのだった。

☆　☆　☆

そこは同じ港区内にある地上五十四階建ての大型複合施設、ＴＫリミテッドタウン。

ショッピングエリアには、世界的に有名な老舗ブランドから、つい最近突出してきた新進気鋭のブランド、知る人ぞ知る隠れた一流ブランドまで、ありとあらゆるグルメとファッションのショップが詰め込まれている。

オフィスエリアには、誰でも知っている会社名がちらほらあった。

敷地内には住居棟もあり、そこは由暉の住んでいるタワーマンションに負けず劣らず高額だという。

他にも、世界トップクラスのラグジュアリーホテルや美術館まで――。

凛はそこに到着するなり、一階のレストルームに駆け込んだ。

服はなんでもいい、と言われたが、一応、持ってきていた中で一番のスーツを着てきた。

ノーカラーのジャケットに膝が隠れる丈のタイトスカート。色は光沢のないグレーだ。

インナーはシンプルな黒で、アクセサリーはつけていない。

この建物内のレストランなら、どこのドレスコードにも引っかからないだろう。

とはいえ、あくまでビジネススーツ。

しかも、家政婦の仕事に入るときは、予定外のお客様を出迎えても失礼にならない程度の化粧しかしない。

由暉に与えられた時間では着替えることしかできなかったため、レストルームの横にあるパウダールームに入り、全力で顔を作る……いや、化粧する羽目になったのだ。

(そりゃ、レストランに連れて行ってやる、って言われたら、断ったりしないけど……急過ぎるでしょ?)

思えば、由暉と外食したことなど一度もなかった。

今回にしても、きっと深い意味はないのだろう。わかってはいても、凛にすればもう少し早く教えてくれてもと思ってしまう。

(男の人はいいわよ。サッとシャワーを浴びて、髪も半乾きでOKなんだろうけど……)

ハイヤーに乗ったとき、由暉の身体からボディソープの香りが漂ってきて、凛はわけもわからないままドキドキした。

建物の中に入ったときもそうだ。

水気を含んだ髪は、たくさんの光を受けてブルーブラックに艶めき……不覚にも見惚れてしまいそうになる。

(わたしたち、なんに見えたかな? 恋人同士……っていうのは贅沢? 無難なところでは、社長と秘書かな?)

後ろ姿も鏡で念入りに確認し、凛はレストルームから出た。

予約時間を過ぎたじゃないか、と文句を言われるとばかり思っていたが、由暉は意外にも壁に両手をつき、なぜか落ち込んだ様子だ。

「お待たせして申し訳ありません。あの……何か、ありました?」

「ああ、俺も紳士用に……いや、互角だと思ったんだが……アイツ、なんで笑ったんだ?」

「は?」

「いや……なんでもない。——そっちこそ、化粧するんじゃなかったのか?」

「……してきましたが」

彼の言いたいことはわかっている。

何もしなくても、凛の場合は目の色や髪の色でやけに目立つ。そのせいで、ナチュラルメイクではノーメイクに見え、しっかり塗ると水商売風に見えてしまうのだ。

ここでしっかりメイクをしてしまうと、これから行くレストランのスタッフに、〝同伴出勤をおねだりしたホステス〟といった誤解をされそうで怖い。

だが、彼が言いたかったのは別のことだったようだ。

「へえ、女は化粧で化けるっていうけど、おまえの場合、しないほうが綺麗なんだな」

由暉の口からこぼれた『綺麗』のひと言に、凛はびっくりして何も言えなかった。


四十五階のレストランに着いたのは、予約の時間から十分遅れていた。

日本料理が中心だが、鉄板焼きのコーナーもあり、目の前で調理してくれるらしい。高層階なので当然、素晴らしい夜景も堪能できるだろう。

由暉はもともと真面目で誠実な男性だった。六年の間にどんな経験をしたとしても、人間の本質まではそうそう変わらない。

ということは……。凛を雇った直後、仕事で戻れなくなってしまった。そのお詫びに、このレストランを予約してくれたのだとしたら？

（別に、綺麗って言われたからじゃないわよ。違うんだけど）

まるっきり影響がないとは言えず、ついガードが下がってしまう。

「あの……こんなすごいお店を予約してくださったなんて……どうも、ありがとうございます」

凛があらためてお礼を言うと、その瞬間、彼女を見ていた由暉のまなざしに、あからさまな動揺が浮かんだ。

「礼を言うのはまだ早い。この店を予約したのは──」

由暉が何か言いかけたとき、支配人らしき男性が早足でやって来たのである。

「篠原様、お待ち申し上げておりました。皆様、すでに個室のほうにお揃いになっております。会長が、まだかまだかと……」

そこまで言ってようやく、隣に立つ凛の存在に気づいたらしい。

「お連れ様、でございますか？　お席を用意させていただきますか？」

支配人の言葉に凛は面食らった。

予約していると言って、彼は凛をここまで連れて来た。だが、この支配人の言葉を聞く限り、予約している個室には先客がいて、凛は予定外の連れということになる。

「由暉様？」

状況がさっぱりわからず、凛は彼の名前を呼ぶ。

しかし、由暉は支配人のほうを向いたまま、彼女に答えるつもりはないようだ。

「いつもの部屋だろう？　案内は不要だ。それより、私たちには窓際の席を用意しておいてくれ。会長に挨拶を済ませたら、食事はそちらでいただく」

支配人はかなり驚いた顔をして、凛のほうをチラチラ見るが、凛もどんな顔をしたらいいのかわからない。

由暉に背中を押されるように、個室に向かって歩き始める。

「凛……手を出せ」

「手？」

首を捻りながら両手を出すと、由暉に左手だけを摑まれ――あっという間に、薬指に指輪がはめられていた。

ダイヤモンドの煌めきもさることながら、本物の指輪というものはズシリと重い。

（って、本物!?　なんで？　どうして？）

「婚約者なんだから、エンゲージリングが必要だろう？」

「え？　まさか、会長に!?」

「おまえは俺の話に合わせて、うなずくだけでいい。それが済んだら夜景を見ながら、最高級のフィレ肉を食わせてやる」

「最高級のフィレ……」

由暉の申し出――後半部分には心惹かれるものがある。

だが問題は前半部分だ。なんといっても、待ち構えているのはあの会長。加えて、由暉の母まで一緒だったとしたら……。

とてもではないが、凛に太刀打ちできる相手ではない。

返事できずに黙り込んでいると、

「鉄板焼きより和食のほうがいいか？　車エビの天ぷらなんて最高だぞ」

「由暉様……わたしって、そんなに食べ物で釣れると思っていらっしゃるんですか？」

「思ってる」

真顔で即答されては、二の句が継げない。

よくよく考えれば……たしかに、出会ったときから食べ物で釣られていた。

篠原家で住み込みの家政婦として働いていたころも、お菓子をはじめとしたいろんな差し入れをもらった気がする。

だが今の凛は、二十四歳の大人の女性だ。

「あのですね、わたしは無断で入り込む自称婚約者を追い払うだけで、会長の前に出るなんて、それに奥様は……苦手でして」

由暉には、病院で優子と顔を合わせたときのことは話していない。

優子の誤解を伝えるということは、六年前のことをもう一度蒸し返すことになる。由暉が凛とのキスを後悔していたことは間違いないはずだ。そうでなくては、博暉が大学費用を援助してまで凛を篠原家から遠ざけようとはしないのではないか、と。

「奥様？　母のことか？　あの人ならここには来てない。会長とは最悪の仲だからな」

由暉のひと言に凛はホッとする。

「ああ、そうだ。ここは寿司もあるんだ。トロやウニ、ヒラメやアワビも好きなだけ食ったらいい」

「――わかりました。では、さっさと会長にご挨拶を済ませて、夜景を見ながらディナーといきましょう！」

決してトロやウニに懐柔されたわけではない。

もちろん、フィレ肉や車エビのためでもないが、優子がおらず会長だけなら、由暉の言う通りにしてもいいかと思えた。

しかし……目的の個室にたどり着いたとき、凛はその判断を、少しだけ後悔する羽目になる――。


「由暉です。失礼します」

個室は予想外にも和室だった。

囲炉裏まであり、とても東京のど真ん中、しかも超高層ビルの中にあるとは思えない造りだ。どうやら、古民家の木材を利用して作られた本格的なものらしい。

中央にあるテーブル——重厚感のある漆塗りの座卓には、なんと鯉が泳いでいる。

もちろん本物ではなく、沈金という手法で絵付けされたものだった。仕事先で目にしたことがあり、そのときは、濡れた布巾で拭いていいものかどうか、さんざん迷った覚えがある。凛にすれば忘れられない代物だった。

その座卓の正面、上座に会長の正暉が座っていた。

八十三歳と高齢ながら、背筋をピンと伸ばし、隙のない気配を漂わせている。

「遅いぞ、由暉。しかも……なんだその女は」

彼はまるで、闖入者でも見るような目つきで凛を睨んだ。

思えば、住み込みの家政婦として働いていたときでさえ、会長とは挨拶すら交わしたことがなかった。

廊下で見かければ、凛のほうは端に寄って頭を下げ、『お帰りなさいませ』『おはようございます』といったことを口にした。

だが会長からは、労いの言葉ひとつ返されたことはない。

きっと、『ご無沙汰しております、その節はお世話になりました』といった挨拶をしたところで、凛の顔など覚えてはいないだろう。

凛が入口に立ち尽くしたままでいると、由暉は中に入り、畳の上に正座した。

慌てて、凛も彼の少し後ろに座る。

そのとき、由暉の横顔が目に入った。祖父や両親だけでなく、親戚を前にしたときも、由暉の顔は仮面をかぶったような無表情なものに変わる。

凛の目には、仮面の下にある苦痛に耐える表情が透けて見え……なんとしても彼の力になりたい、と思ってしまう。

「そちらの円城寺さんから、お聞き及びとばかり思っていました。このたび、彼女と正式に婚約いたしました。加賀美凛さんです」

凛が頭を下げようとした、そのとき――。

ダンッと大きな音がして、漆塗りの座卓が跳ね上がった。

顔を上げると、会長がワナワナと拳を震わせている。今の音は、彼がその拳で座卓を叩いた音だった。

だが声を上げたのは別の人間。

「わたくしは存じません！　由暉さんの婚約者はわたくしですもの！　そうでしょう、お父様？　篠原会長からも、由暉さんにそうおっしゃってくださいませ」

マンションで顔を合わせた自称婚約者、円城寺麗華だった。何人か座っていることには気づいていたが、そのひとりが彼女だったらしい。

正月や成人式を思わせるような振袖を着ている。

相変わらず、楚々としたおとなしい雰囲気だが、カッとしたら手が出てくるので油断はならない。

「当然ですな。なんといっても今日は、由暉くんとうちの麗華の結納の席だ。まさか、篠原グループの社長ともある者が、反抗期の子供のような真似はせんでしょう」

麗華の隣に座った、えらく恰幅のいい男性が口を開いた。

どうやら彼が麗華の父親らしい。立派な苗字から想像できるとおり、旧華族の出身で、篠原グループのメインバンクの頭取だと、由暉にあとから教わった。

ちなみに、麗華を挟んで父親の反対側に母親が座り、その円城寺一家と向かい合って座っているのは、会長の長女、三谷奈津江（みたになつえ）、清明（きよあき）夫妻だった。

篠原家には夫婦揃ってたびたび訪れていたが、いつも会長の住む離れにばかり顔を出していた。

そんな三谷は、家政婦の間で〝会長の腰ぎんちゃく〟と呼ばれていたように思う。

奈津江はどちらかといえば覇気のない女性で、実家には戻りたくないけど、夫が行きたがるので仕方なく、といった様子だった。

『奈津江様はね、大学卒業前からお見合いを繰り返しながら、三十過ぎても嫁ぎ先が決まらなかったの。それで、会長がグループ本社から目をつけたのが彼ってわけ』

三谷は、五歳も年上の奈津江との結婚をふたつ返事で承諾。以降、順調に出世を遂げ、六年前は本社の専務だったが、先月の社長交代の際に副社長に昇進。他にもグループ数社の社長を務めているという。

妻に頭の上がらない、実直な堅物という噂も聞くが……。

凛は三谷の目が嫌いだった。

具体的に何かをされたわけではない。だが、ふとしたとき、凛の身体を舐めるように見ているのだ。

今でこそ、セクハラ男のあしらい方にはそこそこ自信がある。

しかし、女子高生の凛にすれば、視線を感じるだけで身体が竦んだ。

その三谷だが、

「もちろんですよ、円城寺頭取。この結婚が会社にとってどれくらい有益か、計算のできない男じゃありませんから。そうだよね、由暉くん」

由暉に向かってそう告げると、今度は凛のほうを向いた。

「ああ、君、どうせ金で雇われたホステスだろう？　だが、こちらは篠原グループの会長だ。君がお目通りいただけるような方じゃないんだよ。さあ、お怒りを買わないうちに……これをやるから、早く出て行きなさい」

相変わらず、会長の顔色を窺いながら言葉を選んでいる。

凛がそんな感想を抱いたとき、三谷は立ち上がった。上着の内ポケットから財布を取り出しながら、彼女に近づいてくる。そして数枚の一万円札を手にすると、なんと凛のインナーの胸元に差し込んだのだ。

その目は猥らな危険を孕(はら)んで見えた。

だが次の瞬間、由暉が膝立ちになり、三谷の手首を摑んだ。

「お、おいっ、何を」

殴られると思ったのか、三谷の声は震えていた。

一方、由暉は無言のまま……彼の目には、怒りを通り越した殺気すら感じ――。

「由暉様！」

凛は動揺を抑え、毅然とした声で彼の名前を呼んだ。

そして、一万円札を胸元から抜きながら、強引に笑顔を作ると、

「こちらは、三谷様からの婚約祝いということで……いただいてもよろしいのでしょうか？」

凛の言葉に全員が目を見開く。

由暉も驚いたらしく、三谷の手を放していた。

個室にいる全員の注目を浴びたところで、さらに言葉を続ける。

「篠原会長、わたしは六年前まで前社長、博暉様のお屋敷で働いておりました、家政婦の加賀美と申します。博暉様の訃報には心よりお悔やみ申し上げます。ですので……あまりよい時期とは言えませんが、このたび、由暉様から妻にと乞われて、お受けいたしました。

ふつつか者ではありますが、どうぞ、よろしくお願いいたします」

言い終えると、凛はおもむろに頭を下げた。

その挨拶に、三谷も思い出したようだ。

「お、おまえ、あのときの……家政婦か？　たしか、優子さんがやってたチャリティの一環で、施設から雇い入れた孤児じゃなかったか？」

「孤児ですって⁉　いやだわ、汚らわしい‼」

三谷に呼応するように声を上げたのは麗華だった。彼女の声には、凛をただの恋敵と思っていたときに比べて、嘲りの色が濃くなっている。

それを敏感に察したのか、三谷はさらに声を大きくした。

「ああ、そうだ。母親が……売春まがいのことをして警察に捕まり、施設に預けられた娘だと聞いたな。母屋の家政婦がそう言っていたのを思い出した」

思い出したというより、あきらかな創作だろう。

下種な男のやりそうなことだ、と凛は思ったが、由暉は違ったらしい。

「三谷副社長、それが事実だというなら証拠を見せてみろ。ないというなら、あなたを名誉棄損で訴えることになるぞ！」

「そ、そ、それは……家政婦が……」

「ふーん、母屋にはほとんど顔を出さなかったあなたに、そんな親密な話をする家政婦がいたとは初耳だな。家政婦の名前は？」

由暉の言葉で凛はピンときた。

三谷には、一緒に凛の噂話をするような関係の家政婦がいたのだろう。現在進行形かどうかは不明だが、その手の話をするのはベッドの中と相場は決まっている。

だがここで三谷の浮気を暴いたところで、修羅場が大きくなるだけだ。

「母は警察に捕まっていません！　それなら、簡単に所在がわかったと思います。わたしが十二歳のときから、母と連絡が取れなくなりました。わたしを施設に入れた理由はおそらく、好きな男性ができて、子供がいては幸せになれないと思ったからでしょう」

凛がきっぱりと言いきると、今度は奈津江が質問してきた。

「あなた……お父様は何をしていらっしゃるの？」

「母はシングルマザーなので、父は不明です。わたしの髪も瞳も生粋の日本人とは違うので、おそらくは外国人、それも白人ではないでしょうか」

「そんなこと、口にして恥ずかしくはないの？　父親もわからないようなあなたが、由暉さんと結婚できるわけがないでしょう？」

平然と答える凛を異質と感じたのか、奈津江は重ねて尋ねてきた。

だが、この手の質問には、これまで百回以上答えてきている。

「なぜでしょう？　母はわたしを殺さず、この世に産み出してくれました。そして父がいなければ、わたしは存在しません。両親にも、そして篠原家の皆様をはじめ、多くの慈善家の方々にも、大変感謝しています。その皆様に、恥じるような生き方はしておりません」

凛の答えは奈津江だけでなく、円城寺の三人からも言葉を奪った。

さっきまで威勢のよかった三谷だが、由暉に浮気疑惑を追及され、今は何も考えられない精神状態らしい。

そんな中、厳しい声が凛に向かって発せられた。

「おまえの裏に誰がいる?」

会長の問いに凛は口ごもった。

「誰、と言われましても……」

「優子か? それとも、流通業界のライバル社か? いや、外資かもしれんな。苦労した分、ずいぶんと頭の回る女のようだ。由暉のような青二才を騙すくらい、朝飯前だろう」

鋭い眼光で睨まれ、しだいに凛の息が上がっていく。

ごめんなさい、お芝居でした、と白状して逃げ出したい気分だ。

(待って、落ちついて。こういうときこそ、落ちつかなきゃ。どうやって切り返すのが、一番有効? わたしはフリーバードを守らなきゃならない。でも、由暉様も守りたい!)

凛が必死で脳内コンピューターをフル回転させていたとき、彼女より先に、由暉が口を開いた。

「凛に裏はない!! 十年以上前から、彼女はたったひとりの、僕の味方だ! 会長には報告に来ただけで、許可をいただきに来たわけではありません。失礼します」

由暉の言葉は、凛の中では真実に近い。

初めて会ったときからずっと、由暉は〝憧れの王子様〟だった。夢の中で何度も、彼女を孤独から救い出してくれた。

だが今、会長に対して感情論をぶつけても、一笑に付されるだけだろう。

それこそ、『反抗期の子供のような真似』と思われてしまうのではないだろうか?

凛の心配をよそに、由暉は彼女の手を取り、個室から出て行こうとした。

「本日、円城寺家と結納を交わした。今月中にも婚約披露パーティを行う。結婚式は六月がいいそうだ。それまでに、身辺整理をしておくように」

そんな会長の声が聞こえたが、由暉は一切、振り返ることはなかった。

☆　☆　☆

「今日はごちそうさまでした。でも、本当に柔らかいフィレ肉でしたねぇ。グラム五百円以上のお肉は食べたことがないんですが、あれってグラム千円以上しますよね？」

麻布十番のマンションに戻り、お互いに着替えを済ませたあと、凛はコーヒーを淹れていた。

部屋の中をひと通り見て回ることも忘れない。

盗聴器が仕掛けられていないことを確認し、ようやく由暉も、ラフなTシャツとパンツ姿でラウンドソファに腰を下ろしている。

「車エビの天ぷらも初めて食べました。でも、お寿司はウニがなくて少し残念」

すると、由暉が深いため息をつきながら……。

「俺が食事に誘った女の中で、おまえほど食べた女はいない」

呆れ返ったような口調に、凛もムッとする。

「好きなだけ食べていいって言ったのは、由暉様ですよ」

「ああ、わかってる。ただ、おまえの図太い神経に感心しているだけだ」

「何を今さら……会長に挨拶なんておっしゃって、わたしにただのディナーだと思わせたのは、わざとですよね？　まさか、例の自称婚約者様と結納だなんて……」

そこを突かれたら弱いらしい。

とたんにトーンダウンして、口元を押さえて横を向いた。

「見ての通り、俺は結納なんて承諾していない」

その点は凛もよくわかっている。

彼は何がなんでも、麗華との結婚は断るつもりなのだ。そうでなければ、会長を前にして宣戦布告のような真似はしないだろう。

「あんなふうに……個室を出てきて、本当によかったんですか？」

「いいんだ。どうせ話し合っても平行線しかたどらない」

「でも、あの会長のことです。本当に、婚約披露パーティを計画されるのでは？　結婚式の日取りを決めるだけでなく、入籍までされてしまうかも」

結婚には双方の合意が必要だ。ところが婚姻届というものは、他人が代書して提出することも可能なのだ。

もちろん本人の承諾もなくそんな真似をすれば違法である。

ところが、いったん受理されたら簡単に取り消すことはできない。裁判所に訴え出なくてはならず、司法の判断に委ねることになる。本人に婚姻の意思はあったが、心変わりしたとみなされたら、受理は正当なものとされてしまうだろう。結納や婚約披露パーティなどは〝婚姻の意思あり〟という証拠にもなるはずだ。

そうなると、婚姻解消の手段は離婚しかなくなる。

しかも彼は凛の存在を公言してしまった。そのせいで、婚姻解消の責任は由暉の側にある、と言われたら……慰謝料や財産分与まで発生しかねない。

「そんなことになったら、麗華様は自称婚約者ではなく、あなたの妻になってしまいます。彼女を追い払うどころか、わたしが追い出されてしまうでしょう」

「たしかに、それは不味い」

不味いと言いつつ、由暉の口調に困った様子はない。

「由暉様……本気で考えていらっしゃいますか?」

「ああ、もちろんだ。でも、そのたくらみを阻止する手段は、すでに考えてある」

彼は自信満々の表情で答える。

凛には全く思いつかないが、彼の顔を見る限り、やけに嬉しそうで……わけもなく嫌な予感がした。

「本当に?」

「簡単なことだ。先に婚姻届を出してしまえばいい」

「は?」

一瞬、唖然としたが……。

言われてみれば、それもひとつの手だろう。

すでに誰かと結婚していれば、どう頑張っても婚姻届は受理されない。何かの間違いで受理されても、あとから提出されたほうは自動的に無効となる。

しかしその手を使うには、問題がひとつ——。

「結婚したい女性がいらっしゃるなら、それが最善だと思います。でも、それならどうして、わたしのような家政婦に婚約者の真似を……きゃっ！」

ふいに左手を摑まれ、引っ張られた。

バランスを崩し、凛は由暉の上に倒れ込む。

「ゆ、由暉様？　いったい、何を」

彼は凛を膝の上に抱いたまま、

「何って、そっちこそ、何を言ってるんだ？」

「それは、だから……」

摑んだ手を彼女の目の前に持ち上げ、とんでもないことを口にした。

「結婚したい女ならここにいる。ほら、俺の贈った婚約指輪が見えないか？　凛、おまえがこのまま俺と結婚すれば、問題はすべて解決だ」

名案とばかり、ダイヤモンドがきらりと光った。

だが、由暉が本気なわけはない。六年前、ふたりの間に流れる何かを、後悔のひと言で絶ち切ったのは彼のほうだ。

「わたしを……雇ったのは、婚約者を名乗って部屋に上がり込む女性を、追い払うため……ですよね？」

「本当にそれだけだと思うか？」

漆黒の瞳が、こちらを凝視していた。

それだけではないと思っていいのだろうか？

由暉が会長の前で口にした――『十年以上前から、彼女はたったひとりの、僕の味方だ！』という言葉。あれがもし、真実だとしたら？

「おまえにとって、あのときのキスはなんだった？」

「何って」

そんなことは決まっている。

由暉のことが好きだから、キスされて嬉しかった。身分違いは承知で、ずっと思い続けていた。

そして今も……。

凛は六年前のキスが忘れられずにいる。

男性からの誘いを上手くかわせるようになったのは、そのことにこだわり続けた結果だ。誰とも付き合ったことがなく、キスのスキルも一向に上げられないまま、断り方だけ上手くなった。

「俺は後悔してない。大事なことだから、もう一度言うぞ。俺は、おまえとのキスを、後悔したことは一度もない！」

「じゃあ……じゃあ、どうして、今なんですか？　六年も経って……どうして？」

そのことが気になって仕方がない。

由暉が後悔して、凛との関係を父親に告白した、ということが嘘なら、博暉は凛を騙したことになる。

凛の追及を受け、彼は苦しそうに頬を歪め……ふいに抱きついてきた。

「ゆう……き、さ……ま」

強い力で抱きすくめられ、彼の名前を口にすることもままならない。

そのとき、唸(うな)るような声が聞こえてきた。

「父には、愛する女性がいたんだ」

「……え？」

「子供もいる。息子だってさ……俺にとったら腹違いの兄だ」

弟ではなく兄、その言葉に凛は愕然(がくぜん)とした。


それは由暉の父、博暉が亡くなる三日前のことだった。

病室にひとり呼ばれ、由暉はとんでもない告白を聞かされたのだ。

結婚前、博暉には交際中の女性がいた。だが、三十数年前、業界内で吸収合併を繰り返し、会社の規模を拡大していた篠原グループにとって、代議士の娘である優子との縁組は断ることのできない後継者の義務だった。

会長には博暉の他に、三人の娘がいる。当時、長女と次女はそれぞれ結婚しており、その夫を後継者に推す声もちらほらと聞こえてきていた。

二十代後半の博暉にとって、結婚は自らの立場を固めるためのカードにすぎない。

そう思った彼は、迷いを切り捨てるようにその女性と別れ、優子と結婚した。

だが……。

『あの決断は私にとって、人生最大のあやまちだった』

そう言った博暉の顔は、決して病のせいだけではなく、苦渋に満ちたものに見えた。

結婚相手など誰でも同じ、それなりの夫婦となり、それなりの家庭が築けるはず——そんな安直な考えで決めた結婚は、博暉の想像とは百八十度違ったものだった。

そこに愛がなければ思いやりも生まれず、当然、相手を敬う気持ちにもなれない。そのことを思い知るたび、博暉は考えた。

もし、彼女と結婚していれば、と。

時間が経てば経つほど、忘れるどころか、彼女への未練は募るばかりで……博暉はとうとう、彼女を捜し出すことを決意したのである。

その結果、彼女は別れたあと、博暉の子供を産んでいたことがわかった。

『だったら、どうして母さんと別れなかったんです⁉　さっさと離婚して、その女性と再婚すればよかったのに』

由暉にすれば、一方的な告白に我慢できなくなり、つい、強い口調で言ってしまったらしい。

『優子が簡単に離婚に応じると思うか？　結婚前だから不貞行為ではない。だが、優子に知られたら、彼女たち親子の生活は一変しただろう』

そう話す父親は、由暉がこれまで一度も見たことのない顔をしていて……。

『それを僕に話したということは、その女性と子供……いや、もういい歳の男ですね。ふたりを母に見つからないように、ここに連れてくればいいんでしょうか？』

博暉は愛する女性の存在を、三十年近く隠し続けたのだ。今になって由暉に話した理由はひとつしかないだろう。

ところが、博暉は頑として親子の名前を口にしなかった。

子供は認知もしておらず、ふたりの素性がわかるような手掛かりは、自宅にも会社にも残してはいないという。

『心配しなくてもいい。私の遺産はすべて、おまえと優子のものだ。彼は立派な男に育ってくれた。彼には、篠原の金と名前は必要ない』

その言葉は由暉にとてつもないショックを与えた。

だが、由暉はそのことをおくびにも出さず、

『そうですか。それはよかった。これ以上の修羅場は御免ですから』

『由暉、私はおまえの笑顔を見たことがない。泣いた顔も、怒った顔もだ。おまえをそんなふうにしたのは、私なのだろうな』

何を今さら、という言葉を由暉は呑み込んだ。

『私の死後、私が所有している自社株はすべておまえの名義になる。それを売却すれば、独立の資金になるだろう。おまえも、篠原から自由になりなさい』

博暉にすれば、息子を思っての言葉だったのかもしれない。

だが由暉にとっては、たったひとつの存在価値を奪われた瞬間だった――。


「腹違いの兄とやらは、たいそう立派な男らしい。父はおそらく、彼に後を継いでほしかったんだろう」

「そんなこと！」

ない、と言いかけ……凛には言えなかった。

大学生のころの由暉は、傍で見ていて気の毒なほど大人たちから蔑ろにされていた。

そういった筆頭が由暉の母、優子だ。

彼女はことあるごとに——大学生には遊びも大事、学業を疎かにしても多少のことには目を瞑っている。男の子には手本となる父親が必要だが、夫は忙しくてその役割を果たせていない。そのせいで息子が羽目を外しても仕方がない、等々。

夫や息子を庇うようでいて、その内容は、由暉が遊び回ってばかりでろくな成績を残せていない、と言わんばかりだった。

だが由暉は決して、そんな大学生ではなかった。

それどころか、ろくに遊ぶこともせず、空いた時間はすべて学業に費やしていたはずだ。成績も学部では首席で卒業したと聞く。

ところがそれすらも、

『お恥ずかしい話ですが、篠原の名前のおかげですのよ』

優子の謙遜ぶりは見事で、大勢の人が彼女の言葉に丸め込まれてしまうのだ。

それを聞いた人々が由暉にかける言葉は——。

『あまりご両親に心配をかけないように、社長の息子は君しかいないんだから』

『若いんだから仕方ないんだろうが、遊びはほどほどにね。間違っても、警察沙汰だけは起こすんじゃないぞ』

親戚や会社の重役と顔を合わせるたびに、そんなふうに叱咤激励されていた。仮に、由暉が豊かな感性をしていなくても、普通の神経でも充分おかしくなるレベルだ。

凛はそのことに気づいたとき、不思議でならなかった。

たとえ政略結婚で、夫に愛されていないとしても、優子にとって由暉は大切なひとり息子だ。過保護なくらい愛してもおかしくないのに、逆に、傷つけようとしているふうにしか見えない。

そんな母親から庇ってくれるはずの父親は、心ならずも捨てることになった息子のほうに思いを寄せた、と今ならわかる。

(そんなの……悲し過ぎる。社長も、最期のときが近づいていると思って、由暉様に話しておかれたのかもしれないけど……あんまりだわ)

凛が何も言えずにいると、

「父の息子は――篠原の後継ぎは、俺だけじゃなかった。会長や親戚連中がそのことを知ったら、俺はお払い箱かな?」

由暉は抑揚のない声で呟いた。

彼の心が凍りついてしまった気がして、凛は胸が苦しい。

「もし、そのお兄様が、篠原家に現れたらどうなさいますか？　死後認知や相続財産の遺留分を請求されたときは……」

そんなことになれば篠原グループは大騒ぎになるだろう。

博暉が口にしたような『立派な男』ならいい。だが、心の内では実の父親を恨んでいるかもしれない。

父親と同じくらい、篠原家の御曹司として育った異母弟のことも憎んでいたら？

その男性にとっては必要のないお金だったとしても、嫌がらせで由暉から取り上げようとする可能性はある。

凛が眉根を寄せて真剣な顔で尋ねると、彼は天井を仰いだ。

「そのときは、遺留分なんてケチなことは言わない。俺が篠原からもらったものは、全部進呈する。——なんて言ったら、円城寺頭取は大慌てで縁談は白紙にって言うだろうなぁ」

含み笑いをしながら答えるが、とても冗談には聞こえなかった。

「でしたら、さっきのお話もナシですね。勝手に入籍されないために、先に婚姻届を出しておく必要もなくなりますから」

「ああ、そうか……やっぱりお払い箱か。まあ、篠原の名前も社長の肩書もなくなったら、おまえにとってなんの役にも立たないもんな」

その不甲斐ないセリフを聞いた瞬間、凛の頭に血が昇った。

身体を起こして由暉の膝を跨ぎ、ソファの上に膝立ちになる。そして、彼のTシャツの胸元に摑みかかった。

「親に期待するのはやめとけ——そう言ったのはあなたでしょう!?　だからわたしは、一日も早く、大人になろうと思ったんです！」

「……凛」

「旦那様に隠し子が何人いても、たとえ、どんなに立派な人だったとしても……わたしの由暉様は誰にも負けません！　初めて会ったときから、ずっと見てきたんです。由暉様は、簡単にお払い箱にされたりしませんからっ！　絶対です!!」

凛は博暉の評価に憤りを感じていた。

こんなに優秀で素晴らしい息子がいながら、最期までその本質を見抜くことができなかった。そんな博暉に、離れて育った息子を正しく評価できるだろうか？

なんといっても、愛する女性が産んだ息子と、『人生最大のあやまち』の結果、生まれた息子だ。どちらの息子にも罪はない、とわかっていても、前者を贔屓目に見るのが人間だろう。

(旦那様がわたしを追い払ったのも、由暉様のためではなくて、篠原家の後継者のため、だったんだわ。ひょっとしたら、後悔してるって言葉も、旦那様のねつ造だったのかも)

そう思うと、しだいに不安になってくる。

再会して以降、彼は何度も言う――『俺は、おまえとのキスを、後悔したことは一度もない！』と。

由暉の言葉のほうが真実なのかもしれない。

そう思うと、由暉のため、と思って決断したすべてが間違いに思えてくる。

「あ、あの……由暉様、わたし」

もう一度、六年前のことを確認してみよう、と思ったとき——。

「わかった」

彼は凛の目をジッとみつめ、新たな決意を口にする。

「腹違いの兄弟姉妹が何人出てこようと、会長や母が何をたくらもうと、篠原グループは誰にも譲らない。それでいいか？」

由暉の言葉に、凛は我に返った。

（こ、この体勢って、不味い気がする）

Tシャツを摑んでいた手を放し、彼から下りようとしたが……腰に手を回され、逆に抱き寄せられた。

跨ったまま正面から抱き合う格好になり、一瞬で身体が熱くなる。

「す、すみません、わたしったら」

「謝る必要はない。俺はもう、おまえのものなんだろ？　ってことは、いつでも俺と入籍できるように準備しておけよ」

今度は顔がカッとなった。

（やだ、どうしよう。勢いで『わたしの由暉様』なんて言っちゃった）

頬が火照ってきて、体温まで上がった気がする。

「も……申し訳、ありません」

「だから謝るな。何度も言わせるんじゃない」

凛がもう一度謝罪しようとしたとき、遮るように唇を押しつけられた。

ふたりの荒々しい吐息が重なる。

彼は肉厚な舌で凛の唇をこじ開け、強引なまでに侵入してきた。

凛も必死で舌を動かし、口腔内から彼を追い出そうとするが……逆に、舌を搦めとられてしまった。

強弱をつけてゆっくりとねぶられ、奇妙な感覚が凛の全身を貫いた。

「んっ、んんっ……んんっ、ふっ」

由暉はしっかりと彼女を抱きしめる。

凛は抗いきれず、快感に身を委ねてしまいそうだった。

(六年前の続き……キスの先まで……進んじゃっても、いいのよね？　だって、わたしはもう高校生じゃないんだし)

口蓋をツーッと舌先でなぞられ、その瞬間、下腹部に甘い疼きが走った。

凛はその感覚から逃れようとして身をよじるが、直後、ラウンドソファに背中から押し倒されていた。

身体が軽くバウンドして、唇が離れる。

とっさに目を開けると、由暉の後ろに高い天井が見えた。天井からは煌々とした光が降り注いでくる。

凛は眩しさに目を細めながら、急いで身体を起こそうとした。

だが、それをさせまいとするかのように、由暉は覆いかぶさってきたのだ。さらには、首筋に唇を這わせてきた。

背筋がゾクッとして、今度は全身から力が抜けてしまいそうになる。

「ソファの上で、抱かれたことはあるか?」

由暉が掠れる声で問いかけてきた。

凛は慌てて首を横に振る。

「ふーん、ずいぶん女っぽくなってるから、キスの下手くそな男に刺激的なセックスで開発されたんだと思ってたんだが……それとも、ソファじゃもの足りないってことか?」

「わたしは……そんな」

返事をする間もなく、由暉の手がエプロンの上から胸に触れた。

下から上に、やわやわと揉みしだく。その指使いは、やけに手慣れているように感じ、凛の胸をざわめかせる。

(昔と変わったのは、由暉様のほうなのに……でも、あのときから何も経験してないなん

て知られたら？）

由暉は凛のことを『刺激的なセックスで開発された』大人の女だと思っている。だからこそ、気軽に住み込みの家政婦兼婚約者を頼み、こうして身体の関係まで求めてきているのだ。

凛が六年前と同じだと知れば、彼はここでやめてしまうかもしれない。そのときは、このまま、ただの家政婦に戻らなくてはならない。そう思うだけで、凛は胸を締めつけられるようだ。

何も答えられず唇を噛みしめた瞬間、彼の手がスカートの裾から入り込んできた。大きな掌が、凛の太ももを撫でる。その温もりは想像以上に熱くて、凛は驚きの声を上げてしまう。

「あっ……やっ」

彼はさわさわと撫でながら、その手を少しずつ、脚の間へと近づけていった。

「生足ってことは、俺に押し倒されるのを期待してたんだろう？」

上ずって聞こえるのは、気のせいだろうか。

その間も、凛は必死で大人の女の答えを考えていた。

「期待……してましたって言ったら？　由暉様も、すっかり大人の男性になられたって思って、いいんですか？」

内股をなぞる彼の指先を感じながら、凜は震える声を懸命に抑えようとする。

すると彼は、ふいに指の動きを止めた。苦痛に耐えるように、口元から奥歯をギリッと噛みしめる音が聞こえてきて……。

「ああ、金髪碧眼の美女を相手に、海の向こうでたっぷり経験を積んできた。俺の好みはFカップなんだが、まあ、日本人にそこまで望んじゃいないさ」

凜の胸元に視線を落としながら、仕方なさそうに口にする。

予想はしていたが、はっきり言われるのは切ない。だが、それを顔に出したら、たちまち経験のなさを勘づかれてしまうだろう。

「それは、どうも……Dカップで申し訳ありません」

「いや、こっちの相性のほうが重要だからな」

「こっち、って……あ」

止まった指がふたたび動き出し、凜のショーツの縁にかけた。

そのまま一気に引きずり下ろす。両足のつま先から白い布が抜き取られていき、凜の下腹部はたちまち無防備になった。

直後、由暉の下半身が脚の間に割り込んできた。

凜は膝を左右に大きく割られ、エプロンだけでなくスカートも捲れ上がっていく。

力を抜いたら、すぐに脚を閉じてしまいそうで……。そんな凜の様子をどう思ったのか、由暉は指先で秘所の茂みをかき分け、しっとりと濡れた蜜口をなぞった。

クチュッと小さな蜜音がリビングに広がる。

「おいおい、キスだけでもうヌルヌルだぞ。いやらしい躰になったもんだ。この六年で、いったい何人の男にやられた……いや、男を喰ったんだ？」

「そ、それは……」

答えたくても、頭に何も浮かばない。

それもそのはず、由暉の指が忙しなく動き、ツプンと膣内(なか)に滑り込んできたのだ。浅い部分でクルクルと回され、膣襞を刺激されては考えることなど不可能だ。

躰の中に由暉の指を感じる。

これから経験することを想像して、凛はとてつもない高揚感に包まれた。それと同じくらい、恐怖心も込み上げてくる。

頭の中が混乱して真っ白になったとき、指が抜かれた。

いつの間に取り出したのだろう。由暉は四角いパッケージを口に咥えていた。下着ごとルームパンツをずらすなり、ピッと破って、彼自身に手早く装着する。

すると、凝視する凛に気づいたらしい。

「どうした？　コンドームがそんなに珍しいか？」

「よ、用意が、いいなぁと思って」

「普通だろう？　それとも、おまえにセックスを教えた男は、ナマでやりたがったのか？　膣内射精（ナカだし）なんて、女が馬鹿をみるだけだぞ」

　卑猥な言葉を耳にして、凜は赤面するが……。

　どうしたことか、由暉はムッとした顔をしたのだ。

「六年前と同じ顔をするな！　あのころは可愛らしいと思ったが……今となればわざとらしいだけで、逆に気分が悪くなる」

「同じも、何も……この顔は変わってませんから、そんなこ、と……やっ、あぁ」

　由暉が腰を落とし、昂りを蜜口にピタリと押しつけてきた。

「よけいな芝居は不要だ。おまえはただ、いい声で啼けばいい」

　言いながら、腰をグンと突き上げた。

　固く強張ったペニスが蜜穴を押し広げ、ズズッと入り込んだ。皮膚を限界まで引っ張られる感じがして、とっさに息を止める。

　躰の違和感に下肢が小さく戦慄いた。

「はぁ、うっ！」

　指とは違う、まるで棍棒を挿入されたみたいだ。ジワジワと痛みが広がってきて、凜がソファの背もたれを摑んだとき、由暉はさらに強く突き上げた。

　凜はきつく目を閉じ、ひたすら唇を嚙みしめる。

「なんだ、この狭さは……これじゃ、入らないだろう……おまえ、なんでこんなに力を入れるんだ？　おい、凛、もう少し……」

そのとき、息を呑む気配がした。

由暉は黙ったまま呼吸を繰り返し、次に聞こえてきたのは優しい声だった。

「凛、おまえ……初めてか？」

ハッとして目を開く。彼女を見下ろす由暉と視線がクロスしたとたん、さっき以上に耳まで熱くなった。

彼は眉間にシワを寄せた直後、凛から引き抜いたのだ。

身体は楽になったが、胸が引き裂かれるように痛かった。

「やっ、やめないで……わたし、由暉様に」

由暉に〝初めて〟をもらってほしい。

それは六年前からの願いだった。その思いを成し遂げなければ、一生、次の恋をすることができないだろう。

本当に入籍して仮初の妻になったとしても、凛の出自では篠原グループの社長夫人など務まらない。それくらいのこと、他の誰よりもわかっていた。

会長との軋轢が解消されたら、凛の出番は永久になくなる。

そうなれば、由暉は別の家政婦を雇い、彼自身の目でふさわしい妻を選ぶだろう。

（わたしが寂しいとき、傍にいてくれた。困ったときには助けてくれた。だから、そのお返しをしたいだけよ）

入籍することに、見返りなど求めていない。

ただ……六年前の由暉が凛に求めていたものは、キスだけじゃなかったはずだ。もちろん、凛も応じるつもりだった。

それが六年後の今になってしまっただけのこと――。

だが、凛の願いも空しく、由暉は彼女から完全に離れた。

凛が身の置き場をなくし、その場に縮こまったとき、突如、由暉が彼女を横抱きにしたのだった。

「こんな場所で悪かった。上のベッドで仕切り直しをさせてくれ。一生、忘れられないような初めてにしてやるから」

ホワイトチョコレートを溶かしたような声でささやかれ……。凛の身体は骨まで蕩けてしまいそうで、抵抗もできずにうなずいていた。

第三章　閨事

主寝室のベッドにそうっと寝かされた。

スプリングのバネがほんの少し軋んで……凛の身体はふわりと跳ねたあと、極上の羽根布団に包み込まれる。

凛は大きく息を吸った。

カモミールの穏やかな香りが鼻腔に届き、身体中に優しい甘さが広がっていく。

ベッドサイドに立つ由暉に視線を向けると、彼は一気にTシャツを脱ぐところだった。

厚い胸板と割れた腹筋が目に飛び込んできて、思わず呼吸を忘れてしまう。

凛の知っている彼は、自宅と大学を往復するだけのインドア青年だったはず。

それが、これほどまで見事に鍛え上げられた肉体の持ち主だったとは、想像できるわけがない。

（アスリート？　ボクサー？　肌が蜂蜜色に艶々してて……やだ、もう、めちゃくちゃ色っぽい。昔から、こうだった？　全然、覚えてないんだけど）

由暉が着替えるところを目にすることはあった。だが、女子高生が片思いの相手の着替えを、まじまじと見ることはしないだろう。

今日、この部屋で彼が服を脱いだときも同じだ。

凛はなるべく見ないようにして、彼から目を逸らしていた。

「あ、あの……由暉様、昔から身体を鍛えていらした、なんてこと……ない、ですよね？」

「どうして？」

「いえ、ちゃんと見ていたわけじゃないんで、でも……今の由暉様って、スーツ姿からは想像できないくらい、あちこちが、すごくて」

そういえば、決して小柄とは言えない凛を軽く抱き上げ、階段を上ってきたのだ。ベッドに下ろしてくれたときも、放り投げる感じではなく、静かに寝かせてくれた。ああいった芸当は、男性にかなりの腕力がなければ難しいのではないだろうか。

凛がジッとみつめていると、彼は苦笑しながらルームパンツに手をかけた。

「中学高校と水泳部だった。大学時代は適当に泳いでいて、ニューヨークで就職してからはジムに通ってる。そういえば、何も話してなかったな」

篠原家の家政婦として、三年間もひとつ屋根の下に暮らしていた。誰より近くにいたはずなのに、由暉から思い出話のひとつも聞いたことがなかった。

「あの……きゃっ」

さらに昔のことを尋ねようとしたとき、由暉はルームパンツと下着を同時に脱ぎ捨てたのだ。

ベッドに転がった凛の目線の高さに、ちょうど彼の股間があり……。

凛は慌てて寝転がったまま反対を向く。

(待って、ちょっと待って、アレって標準？　比べる対象がないから、絶対とは言えないけど……あんなに大きくて……入るの？)

「凛、そんなにビビるな」

ギシッと音を立ててベッドが傾いた。

由暉の気配に、凛はどうしたらいいのかわからなくなる。

「ビビってるつもりは……でも、さっき、ソファの上で……あの、最後までっていうか、全部っていうか……入ったんでしょうか？」

最後の部分だけ、どうしても小さな声になってしまう。

「いや、先っぽだけだ。半分も入らなかった。無理に押し込んだら、おまえを傷つけそうだったから」

苦笑交じりの声だった。

やっぱり由暉は優しい。凛を振り回すようなことを言いながら、いつだって彼女のためを思って動いてくれる。

中学を卒業するときもそうだった。

凛の容姿は、成長するごとに外国人らしさに拍車がかかっていった。そのせいで、施設でも学校でも、セクシャルハラスメントのターゲットになっていたのだ。

施設にとどまり、高校進学の道がないではなかったが……。

親に見捨てられた子供に、世間の人々が向ける視線は、『汚らわしい』と叫んだ円城寺麗華と大差ない。どう取り繕っても、それが現実だった。

多くの人が、当たり前のように凛たちを下位に見る。最悪、施設の子には何をしても許される、と考える人間まで出てくる。性的対象としてそんなふうに思われたら、危険極まりない立場に追い込まれてしまう。

しかも、それは施設内でも同じだ。

高校進学を希望した場合、十八歳まで入所可能な施設に入ることになる。個室は男女別でも、食堂や浴場など共有の場合も少なくない。思春期の男子が外の世界で同級生から下位に扱われたとき、その鬱憤は施設内の弱い者——年少者や女子へと向かうのだ。

凛自身、いよいよ身の危険を感じ始め高校進学は諦めて女子寮のある会社に就職をしようと考えていた。

　その状況をいち早く察し、あの両親を説得して、凛を採用してくれたのは由暉だ。いや、由暉に違いないと思っている。

　彼とは、チャリティイベントや施設見学のとき、年に一、二回顔を合わせる程度だったが、凛のことを覚えていてくれて、いろいろと気遣ってくれた。そんな中、高校入試の二次募集ぎりぎりのタイミングで篠原家から話がきたのだから、それ以外には考えられない。

　凛はゆっくりと身体を起こし、彼に背中を向けたまま、エプロンの紐をほどき……ボタンを外した。

「わ、わたしも、脱いだほうが、いいですよね？」

　これが映画やドラマのワンシーンなら、女性もさっさと服を脱いでいるはずだ。先にベッドに入り、男性を待っているような絵が浮かぶ。

　だが、そんな彼女の手を止めたのは由暉だった。

「慌てるな。ゆっくり、教えてやる。それに、女の服を脱がせるのも、男にとっては楽しみのひとつなんだぞ」

　言いながら、由暉はエプロンの脇から手を差し込んだ。

　エプロンの下に着たベージュの開襟シャツのボタンを、彼はひとつずつ外していく。実にさりげなく、掌で彼女の胸を刺激することも忘れない。

首筋に彼の吐息が触れるたび、凛の身体はピクンと跳ねた。

いつの間にか、ブラジャーのホックが外されていた。

ユルユルになったブラジャーのカップからは、十代のころとは違い、ほどよく熟した果実がこぼれ落ちる。それをすくい上げるようにして、大きな手が直に胸をまさぐった。

やわやわと揉みしだかれ、凛の息は少しずつ上がっていく。

「これでDカップ？　ブラはもうワンサイズ上じゃないか？」

「そ、そんな……どうし、て……わかる……あっ、んっ」

凛の質問に答えないまま、彼の指が胸の先端を軽く抓んだ。その瞬間、ピリッとした電流のようなものが全身を貫く。

凛は軽く背中を反らせ、彼の胸にもたれかかった。

「掌に吸いつくような、きめ細かい肌だ。ほどよく弾力があって、柔らかくて、揉み心地も素晴らしい。綺麗だよ、凛」

質問に答えてくれないなんてずるい、という不満は、瞬く間にかき消された。

左右の胸をリズミカルに揉まれ、身体がふわふわして、気持ちよさにそのまま溶けてしまいそうだ。

「おまえは俺のものだ。二度と離れるなよ」

嬉し過ぎて、凛は泣き出してしまいそうになる。

「返事は？」

「は……い」

どうにか声にするのが精いっぱいだ。

直後、エプロンと一緒にスカートが引き下ろされた。ショーツはすでに脱がされており、凛のしどけない姿が露になる。

マンションに戻って着替えたときに、ひとつに括ったはずの髪も、いつの間にかほどけてしまっていた。

由暉の手は、半分以上脱げたシャツを凛の腕から抜き取ったあと、ショーツとお揃いの白いブラジャーをゆっくりと脱がしていく。

一糸纏わぬ姿にさせられ、恥ずかしさに凛は両手で胸を隠した。

「あの、由暉さ……ま、灯りを、消してくださ、い」

凛は泣きそうな声でお願いするが、

「今夜はダメだ。おまえの身体を、この目に焼きつけておきたい。どんな小さな反応も見逃したくないんだ」

言うなり、彼は凛の背中に唇を押し当てた。

「あ……ぁっ」

その間も彼の手は——喉元から胸、おへその辺りを通ったあと、腰から臀部、太ももまで、凛の裸身を余すところなく撫で回す。

そのまま押し倒され、凛は仰向けでふたたびベッドに転がされた。

由暉の愛撫により、双丘の頂がツンと尖っている。彼はその先端を口に含み、舌を使って転がし始め……。

あっという間に、くすぐったさを超えた新たな快感が押し寄せてきた。

「はぁっ、あっん、あ、やっぁ、んっ……んっ、んんっ」

はしたない声がひっきりなしに口から洩れてしまう。

我慢したくても、抑えられなかった。

「おい、こら、我慢しようとしてるだろう?」

「だっ、だって……聞こえるのが、恥ずか、し……い」

「隣近所に聞こえるほど、ここの壁は薄くないぞ。ふたりだけなんだから、おまえの可愛い声をもっと聞かせてくれ」

その由暉に聞かれるのが恥ずかしい、という意味なのだが、彼の中にそういった発想はないらしい。

胸の突起に意識が集中してきて、躰の奥がキュンと震えたとき——。

由暉の唇は胸から離れ、下に向かってたどり始めた。そして彼女の両脚を大きく開かせ、その間に顔を埋めたのだった。

（え？　何？　何をするの？）

彼の思惑がわからず、凛がされるままになっていると……秘所にヌルッとした熱い塊が押しつけられた。

その塊には妙な弾力性がある。何度も何度も割れ目を往復して、やっと、由暉が彼女の秘所を舐めていることに気づいたのだ。

「やぁっ……恥ずかしい、恥ずか、しい、で……す。も……やめて、お願……い」

ペロペロとねぶられ、チュウゥゥと音を立てて吸いつく。

指で弄られていたときとは違う快感に攻め立てられ、凛は耐えきれずに太ももを戦慄かせた。

熱が高まり、凛の躰から蕩けるような蜜がこぼれ落ちる。

その蜜をかき混ぜるようにして、彼は指を押し込んできた。そろりそろりとかき回され、同時に淫芽を吸い上げられて、さらなる悦びが凛に押し寄せる。

グジュ……クチュ……。

「とりあえず一本だが、痛みはあるか？」

凛は即座に首を左右に振る。

膣内をかき混ぜる指はあまり気にならない。それよりも、淫芽に吹きかけられる吐息に、より刹那的なものを感じていた。

（全然、痛くない……さっき、指を入れられたときは怖かったのに……それもないなんて）

自分はふしだらな女なのかもしれない。

このまま享楽に耽ってしまいそうで、凜はそのほうが怖かった。

不安が迫ってきたとき、新しい指が蜜口を広げながら入ってきた。

「あぁ……ゆう、き、様ぁ」

二本の指が胎内で蠢いている。激しく、それでいて優しい動きなのは、きっと内側をほぐすために違いない。

「二本目を入れても気持ちよさそうだ」

由暉の言葉が耳に届き、頬がカッと熱くなった。

彼は指を引き抜いたあと、ゆっくりと身体を起こす。あらためて準備を整え、天井を向いてそそり勃つ欲棒をスッと蜜口に添わせた。

条件反射のように痛みを思い出し、凜は脚を閉じようとしてしまう。

「大丈夫だ、強引には押し込まない。さっきとは比べものにならないくらい優しくする。痛い思いはさせないから、俺とひとつになってくれ」

由暉のささやきに凜の心が震えた。

彼の腕をそっと摑み、コクコクと首を縦に振る。

言葉どおり、由暉の雄身がそろり、そろり、と凛の膣内に入り込んできた。広げられる感じはあるが、裂かれるような痛みはない。

そのとき、無意識でシーツを握りしめていた手を掴まれた。

由暉はその手にそっとキスする。

「つらかったら、俺の背中に爪を立てたらいい。思いっきり、引っかいてもいいぞ」

初めて触れた彼の素肌は、思ったより硬かった。

凛の短い爪では、多少力を入れてもたいした傷にはならないだろう。いや、きっと思いきり叩いたとしても、びくともしない気がする。

「か……噛み、ついて、も?」

掠れる声で尋ねると、彼はふわっと笑った。

「俺まで食う気か?」

「ち、ちがっ」

「今度は、銀座（ぎんざ）の寿司屋に連れて行ってやるから……今はいい子で俺に抱きついてろ」

極上の笑顔と優しい声に、凛の心臓は飛び跳ねるようにドキンとした。

そのまま彼の首に手を回し、ギュッと抱きつく。

わずかに繋がっていた部分がズズッと滑り込み、ふたりは一瞬で密着した。蜜窟の中が彼のモノでいっぱいになる。

「やぁあっ！　んんっ！」

痛みではなく、圧迫感で凛は息を止める。

「息を止めたらよけいに苦しくなる。口を開いて、呼吸するんだ」

「んっ……ぁ」

凛は首を振りながら、ほんの少し息を吸う。

「ああ、それじゃ、俺の名前を呼んでごらん。ほら、凛、目を開けて」

言われるままに目を開けたら、由暉の黒天鵞絨(ビロード)のような瞳がこちらを覗き込んでいた。

彼は額をコツンとくっつけ、凛の唇を啄むようにキスする。

チュッ、チュッと甘いリップ音が部屋の中に広がり、そのたびに、彼の侵入の度合いが深くなっていく。

由暉とひとつになっている。

そのことを実感して、凛の全身が熱く火照った。

「ゆ、うき……さ……まぁ」

自分のものとは思えない、子猫がじゃれつくような声だ。

すると由暉は、彼女の頭を優しく撫でてくれた。

「よくできました。ただ……そろそろ〝由暉様〟は勘弁してくれ」

「じゃあ……由暉、さん？」

初めて由暉のことを『さん』付けで呼んだ。

正確に言えば、『お兄さん』と呼んで以来になる。

出会って二度目の春、同じチャリティイベントで訪れた由暉たちに向かって、『お兄さん』『おばさん』と呼んだ。カメラの前では優子もニコニコしていたが、人目がなくなるなり、目を吊り上げて施設長を怒鳴り散らしていた。

その後、凛も呼び出されてきつく叱られたのだった。

『この世界は平等ではありません。それ以上に、あの方たちとは住む世界が違うのです。人前で親しげに話しかけないこと。どうしてもお名前を呼ぶときは〝篠原様〟です。わかりましたね？』

施設長の教えは、今も上流階級相手に仕事をする上で役に立っている。

「でも……人前でも、由暉さんって……呼んでしまいそうで……」

「家政婦じゃなくて、同棲中の婚約者なら問題ない。入籍して妻になれば、呼び捨てにしたって誰も文句は言わない」

それはいつまでだろう。

会長が口を挟んでこなくなるまで？

あるいは、由暉が自分にふさわしい妻を見つけるまで？

世界は平等ではなく、由暉とは住む世界が違う。永遠に『由暉さん』と呼び続けられるわけがなく、いつかは『由暉様』に戻らなくてはならない。

でも、今は――。

「じゃ、由暉くん……ゆうちゃん、なんて呼んだりして」

凛はつい、浮かれた口調で彼のことを愛称で呼んだ。

その瞬間、躰の中で彼自身がビクンと動いた。

「おまえ……いきなり」

彼は少しつらそうな顔で頬を歪め、片方の手を凛の腰に添えたのだった。

そのまま、腰をクイと突き上げる。

「もう少しだ。あと、少し……あぁ、クッ！」

一瞬――ほんの一瞬だけ、躰の奥に痛みが走った。

とっくに奥まで達していると思っていたのに……由暉のすべてを受け入れたのが、たった今なのだと知る。

凛は思わず、彼の肌に爪を立ててしまう。

「も……ダメ、これ以上なんて……入らな、い」

「これで全部だ……凛、やっぱり苦しいか？」

大丈夫と答えたいのに、口を開いたら呻き声を上げてしまいそうだ。

決して苦しいわけではないのに、ただ、自分の躰にこれほどまで深い場所があったことに驚きを感じていた。

恋をして、愛し合って、その先にある行為のことを知ったとき、凛が真っ先に思い浮かべたのは由暉の存在だった。

自分もいつか愛する男性に躰を許す日がくるのだろう。叶うなら、その相手は由暉であってほしい。

けれど、彼はキスだけで後悔して、凛から離れていった。

それでもいつかは、別の誰かと恋に落ちて、きっと――。

思い描いていたとおりの〝初めて〟を体験したことで、さまざまな感情が凛の胸に押し寄せてくる。

（こんなこと、他の誰かとなんて……絶対にできない。やっぱり、由暉様でないと……もう一度会えて、本当によかった）

凛が温かい気持ちになったとき、彼がわずかに腰を引いた。

それはまるで、真空の中で蜜襞をこすられるようだ。

「あ、あ……ぁん」

苦痛より心地よさが勝り、凛の下肢が小刻みに震える。

そんな彼女の気配に気づいたのだろう。由暉は動きを止め、彼女の背中に手を回して、包み込むように抱きしめてくれた。

「大丈夫、こうしてジッとしていたら、もっと気持ちよくなる」

彼の言葉からは優しさと思いやりしか感じない。

「今も……気持ちいい、です」

少しでも応えたくて、凛も彼の背中に手を回した。

女に生まれてきた幸せというのは、こういう瞬間のことをいうのかもしれない。由暉の存在を全身で感じながら、凛は彼の素肌にそっと口づける。

すると、腕の中の由暉がかすかに身震いしたのだ。

「凛、おまえ……急に、なんて真似をするんだ！」

「なんてって、別にわたしは……あっ」

最奥に彼自身を沈めたまま、由暉は腰を動かし始めた。

それは、ついさっきとは違ってやけに性急で、凛の身体を激しく揺さぶる。

「あのっ、あっ……まっ、待って、由暉さ……由暉、さんっ！　あの、は……激しい、です。そんな、強くしない……で」

「この馬鹿野郎！　なんだって急に煽るんだよ！　人がせっかく、優しくしてやろうと思ってたのに」

煽った覚えなどないのに、なぜか由暉は怒っているらしい。しかも、その怒りに任せてとばかりに、彼の動きは荒々しくなる一方で……。

由暉に手を握られ、シーツに押しつけられた。

四月のこの時期、外はまだ肌寒いくらいなのに、由暉の首筋にツーッと汗が流れ落ちる。しかもそれは、彼だけじゃなかった。ふと気づけば、凛の肌もしっとりと汗ばんでいて、しだいに息も荒くなる。

刹那、彼は堪えきれない様子で抽送を始めた。

特大サイズのベッドが壊れそうな勢いでギシギシと音を立てている。それに合わせて硬いペニスが蜜襞を抉るように往復し、凛を内側から揺さぶった。

「ゆ、うき……さ……ぁあん、やぁん、あんっ……あ、あ、あ、やぁーっ！」

快感の波が一気に押し寄せてきて、凛はその波に攫われてしまいそうになる。

怖くて手を伸ばすと、そこに由暉がいて、彼女をしっかりと抱きとめてくれた。

「凛……凛！」

彼女の名前を口にしたあと、激しい動きが突然止まり——その瞬間、由暉の雄身が彼女の中で爆ぜたのだった。

この幸せは最初で最後かもしれない。

たとえそうだとしても……凛はこのとき、自分のすべてで彼を受け止めよう、そう心に決めたのだった。

うつ伏せのまま、凛はベッドの上に両手を広げて寝転がる。

「こーんな大きなベッドに寝るのって、生まれて初めてです。このベッドはわたしのものよ！　なーんて言ったりして」

シーツは最高級のコットンサテン。凛が自分でベッドメイクしたものだが、こんなに心地よいものだとは知らなかった。

あまりにもなめらかな肌触りに、思わず頬ずりしてしまう。

「そんなに気に入ったのか？　じゃあ、おまえにやるよ。これから毎晩、そのベッドで寝たらいい」

由暉はボクサーパンツ一枚という格好だった。主寝室に置かれた小型の冷蔵庫から、フレーバーウォーターのボトルを手に、ベッドに戻ってくる。

「え？　でも、それじゃ、由暉様はどこでお休みになるんです？」

本気で尋ねたつもりだったが……。

レモンの微炭酸と書かれたボトルで、頭をコツンと突かれた。

「おまえの隣に決まってるだろう？」

当然のような顔でみつめられたら、凛に何が言えるというのだろう。

身体を起こしてペットボトルを受け取り、

「わかりました。由暉様が、そうおっしゃるなら……広いベッドなので、半分こでも充分だと思うし……」

シルクの毛布を手繰り寄せ、裸の身体に巻きつけながら答える。

「半分？　じゃあ、俺は上がいいな。たまには下ってことで」

「上下ですか？　そんな、二段ベッドじゃないんですから」

由暉の冗談だと思って、凛はクスクス笑った。

直後、ベッドのマットが激しく傾いた。由暉が勢いよくベッドの端に座ったせいだ。凛は油断していたので、ペットボトルを抱えたまま斜めに倒れそうになる。

「きゃっ⁉」

彼女の身体を毛布ごと抱きしめながら、由暉は意地悪そうに笑った。

「おまえ、俺が言った意味、わかってないな？」

「わかってますよ！　そんな……たぶん」

即答したものの、一秒ごとに自信がなくなっていく。

凛の気持ちなどお見通しとばかり、

「じゃあ、三日に一度はおまえが上な。ああ、それから……一ヵ所は必ず越境するけど、悪さするんじゃないぞ」

「？・？・？」

何をどう答えたらいいんだろう。

凛がキョトンとしていると、由暉は彼女の耳に唇を寄せてきた。

「騎乗位ってわかるか？　だから、毎回、おまえの〝ナカ〟に越境することになる」

一瞬で理解した凛は、顔から火が出そうなほど恥ずかしかった。

そのとき、由暉が手を伸ばしてサイドボードの引き出しを開けた。コンドームのパッケージを取り出すのが見えて、ドキドキしてしまう。

「この部屋の掃除もしてただろう？　引き出し、開けなかったのか？」

遠慮がちに彼の手元を覗き込む、凛の様子に気づいたらしい。

「キッチンとサニタリー、クローゼット以外、雇用主の指示がないと引き出し類に手はつけられませんから」

許可なく触れて、万一盗難でもあった場合、疑われるのは家政婦だ。

大学時代、少しでもお金を貯めたかった凛は、家政婦派遣会社フリーバードの前身、鳥飼家政婦紹介所に登録して働いていた。授業があるので、土日を中心にした通いの仕事だったが、そのときに経験した〝嫌なこと〟は、家政婦として働いてきた中でもトップクラスの出来事だった。

ある夜、酔って帰ってきた雇用主の妻から、アクセサリーを押しつけられた。その辺にポンと置いておくのは危険だと思い、気を利かせて専用ケースに仕舞ったのだ。

それが、とんでもない間違いだったと知ったのは、翌日のこと。

凛は平日にもかかわらず派遣先に呼び出され、宝石の盗難事件があったと言われた。すでに警察がきており、問答無用で指紋まで取られたのだ。素性も調べられ、施設出身とわかったとき、雇用主夫妻だけでなく、警察も凛を疑惑の目で見た。

専用ケースに凛の指紋が見つかり、中の宝石も同様だった。

事情を説明しても信用してもらえず、逮捕、連行されそうになったとき、昨晩、雇用主の妻と一緒に酒席にいたという婦人が訪れたのである。

『素敵なブレスレットね、と言ったら差し上げるとおっしゃって……でも、酔っていらっしゃったから、お返ししたほうがいいと思って』

それは凛が盗んだと言われたブレスレットに間違いなかった。

手錠をはめられる寸前、凛の疑惑は晴れたが……。雇用主夫妻は凛に謝罪するどころか、『恥をかかせた』と逆切れして怒鳴り始め、クビを言い渡された。その上、紹介所の所長、鳥飼志乃(しの)に『素性の怪しい人間を派遣するな』とクレームまで入れたのだ。

悔しくて言い返したかったが、怒らせれば怒らせるほど、紹介所の評判を下げることになってしまう。

凛はグッと我慢した。

『ドンマイ、ドンマイ。金持ちほど、頭のおかしい人が多いものよ。国家権力は見た目や肩書でしか判断しないしね。切り替えて次に行こう！』

志乃はそんな凛の気持ちをわかってくれたのか、逆に励ましてくれた。

そういう志乃も苦労人だった。遊び人の夫が借金を残して蒸発し、彼女は家政婦として働きながら、ひとり娘の彩乃を育てた。フリーバードの現社長である。

トラブルの一年後、志乃が体調を崩して所長を続けるのが難しくなり、彩乃が所長になった。しかし、資金繰りに窮して紹介所は閉鎖寸前まで追い込まれてしまい……。そのとき、共同経営者に名乗りを上げたのが、大学卒業間近の凛だった。内定していた就職先を断り、貯金をはたいてフリーバードを立ち上げたのである。

凛がそんな昔話をすると、どうしたことか、由暉の顔が曇り始めた。

「で？　おまえに濡れ衣を着せた雇用主というのは、どこの誰だ？」

その声はただならぬ気配を感じさせ、凛は返事に詰まる。

「昔のことですし……」

「俺には言えないのか？」

「いえ、そういうことではなくて」

あの事件のとき、思いがけず助けてくれた婦人というのが、大病院の院長夫人だった。

彼女は――窮地に立たされても雇用主の悪口を言うでもなく、黙って無実だけを主張していた凛の態度は信用に値する、と言ってくれた。そして、もっと条件のいい派遣先を紹介してくれたのだった。

　まさしく、人間万事塞翁が馬、だろう。

「院長夫人のご紹介で、大学時代は上流階級のお宅にばかりお世話になりました。そういったお宅の中には、篠原家で働いていたことをご存じの方もいらっしゃいましたし、今お仕事をいただけるのは、そのころのご縁がほとんどです」

　それに施設出身という肩書は、隠すとマイナスだが、使い方しだいではプラスになることも学んだ。

『母はシングルマザーで生活に困ったのだと思います。早めに決断して施設に預けてくれたおかげで、こうして大学にも通えているので、わたしは幸運でした』

　伏し目がちに身の上話をすると、ほとんどの人が凛に同情してくれた。

「あれは最悪の経験でしたけど、ステップアップのきっかけにはなりました。それに、もうどこにいらっしゃるか……」

　某大学病院で外科部長をしていた雇用主は、今から二年ほど前、医療器具購入に関わる不正がばれて、解雇されたと聞く。しかも、夜逃げ同然にいなくなり、今となってはどこに行ったのかもわからない、と。

「自業自得だな」

「でも、チャリティには熱心でしたよ。養護施設や老人ホームの無料健康診断を提案された、と聞いたことがあります。まあ、篠原の奥様ほどじゃないでしょうけど」

「母が熱心なのはチャリティじゃない。マスコミにちやほやされること、だ。おまえだってわかってるくせに」

由暉はとたんに苦々しげな顔になる。

「それでも、寄付金で新しいノートや鉛筆を買ってもらえたし、差し入れのお菓子も美味しかったです。目的がなんであれ、わたしたちが助かったのは事実なので……でも、まあ、奥様のことは苦手でしたけどね」

お菓子のことを口にしたとき、その引き出しに意外なものを見つけた。

こんぺいとうの入った小さなケースがひとつ。なぜか隠すように、一番奥に押し込まれている。

そんな凛の視線に気づいたらしい。

「ああ、これか？　昔の癖だよ」

「癖？」

凛が繰り返すと、彼は切なそうに笑った。

「おまえと初めて会ったとき、俺が持ってたこんぺいとうの袋――あれは、施設の子供用に持っていった菓子の中から、こっそりくすねたんだ」

「く、くすねたぁ？」

大企業の御曹司らしくない単語に、凜はびっくりする。

「子供のころ、甘いものを食べさせてもらえなかった。母の方針とやらでね。――ああ、そうだ、一度だけ幼稚園の遠足で食べたな。おやつを持たせてもらうのを忘れたと思った先生が、分けてくれたんだ。でも……」

初めてお菓子を食べた由暉は、子供らしい無邪気さで、家に帰るなり母にねだった。とても美味しかった、家でも食べたい、と。

その翌日、由暉にお菓子をくれた先生は、幼稚園からいなくなっていた。

一身上の都合により退職されたと説明を受けたが、実際は、保護者からのクレームで解雇されたと、後々聞かされる。クレームの主はその私立幼稚園にとって最高額の寄付金を出していた、篠原グループの社長夫人、優子だった。

優子は『保護者の方針に逆らい、子供の健康を損ねるものを食べさせた。対応によっては園を訴える』とねじ込んだらしい。

何より、寄付金を盾にされては幼稚園側も逆らえないだろう。

それをきっかけに、由暉と仲よくしようとする園児はいなくなった。教師たちまでも、彼を遠巻きにし始めたのである。

「ちょうどそのころだ。幼稚園での騒ぎを聞いたせいか、それとも別の理由があったのか、父が俺を遊園地に連れて行ってくれたんだ」

部下も伴わず、博暉が運転する車でふたりきりの外出。それは由暉の覚えている限り、後にも先にも一回きりのことだという。

「遊園地っていうと、千葉にある――」

「いや、あれほど大きくなかったと思う。もっと小さな、でも、俺にとっては初めて行った場所だから、ずいぶん広く感じたなぁ」

たしかに幼稚園児の目線で見れば、どんな場所も広く大きく見えたことだろう。

初めてのお出かけに、はしゃぎ回る小さな由暉を想像するだけで、凛は微笑ましい気持ちになる。

「旦那様にも、子供を遊びに連れていってやろう、なんて……お優しいところがあったんですね。変わってしまったのは……きっと、お仕事がお忙しくなって」

とっさに言葉を変えたが、本当は、別れた女性が自分の息子を産んでいたことを知ったせいではないだろうか？

博暉にも苦悩はあったのだろう。

だが、彼がどれほどの後悔を抱えて生きる羽目になったとしても、それは彼自身の選択によるものだ。

間違っても、由暉を蔑ろにする理由にはならない。

「俺が迷子になったせいかもな」

思いがけないセリフに、凛はポカンとしてしまう。

「は？　迷子？　そんな、まさか……由暉様がですか？」

「そんなに驚くようなことか？　三つか四つのガキだったからな。父が電話をかけるために傍を離れて……そのとき、目についた着ぐるみを追いかけたような気がする」

由暉はペットボトルをサイドボードの上に置き、ベッドに転がった。

四角いパッケージは指先に挟んだままだ。

それを気にしつつ、凛がジッとみつめていると、彼が手を差し伸べてくれた。その手に飛びつくようにして、彼の二の腕に頭を置き、凛も寝転がる。

「気がついたら、迷子センターみたいな場所にいた。迷子はけっこう多くて五、六人？いや、もっといたかな？」

迷子が多いということは、遊びに行ったのは土日か祝祭日だったのだろう。

迷子になった子供の多くが泣いていて、しばらくして、みんなにお菓子が配られたという。それは小さな袋に入った色とりどりの星形のお菓子――こんぺいとうだった。

ところが、

「最後尾にいた俺の分がなかったんだ。あれはショックだったたな」

少し前の出来事もあり、由暉は『自分は一生、甘いものが食べられないかもしれない』と思い、絶望的な気持ちになったらしい。

「そ、それは、たしかにショックですね」

その気持ちは凛にもよくわかる。

彼女も苺のショートケーキを見るたびに、わけもなく不安に駆られ、真っ先に苺を食べる癖がついてしまっている。

（やっぱり、食べ物の恨みっていうか、トラウマっていうか、後を引くのよねぇ）

深くうなずいていると、

「すると、俺の近くにいた男の子が、こんぺいとうを譲ってくれたんだ。歳は同じくらいか、ちょっと上だったたと思う」

「へえ、よかったですね」

「そうだな。たしか、半分もらって……やけに甘くて、美味しくて、なんかホッとした。ああ、そうだ！　だから、おまえにやったんだ」

「え？　だから？」

何が『だから』に繋がるのかわからなかったが、

「大泣きしてるおまえを見て、これをやったら泣きやむんじゃないかって」

「えーっと、それって、由暉様が迷子センターにいたとき、大泣きしてた、ってことでしようか？」

「……」

思いついたままを聞いてみただけだが、地雷だったらしい。とたんに、由暉の顔色が変わった。

「俺は泣いてない」

「え？　でも、それじゃ」

「俺が泣くわけがないだろう？　この話はもう終わりだ」

たぶん、大泣きしていたのだろう。

幼稚園児なのだから仕方ないと思うが、これ以上追及したら、さらに怒り出すような気がする。

「と、とにかく！　そのとき、警察沙汰になったんだ。父は迷子センターってヤツが思いつかなくて、誘拐されたんじゃないかって……けっこうな騒ぎになった」

びっくりしたが、言われてみれば、由暉は篠原グループの御曹司だ。お金目当ての誘拐を心配しても、無理のない立場だった。

由暉の言うとおり、二度目のお出かけがなかったのは、ふたりきりで連れ出したことを博暉が後悔したせいかもしれない。

「あのときだな。大人になったら必ず成し遂げようと誓ったんだ」

「何をですか？」

凛は頭の中で壮大なことを想像したが……しかし由暉は、見事なまでに想像を覆す返事

「いつか必ず、誰に遠慮することもなく、思う存分こんぺいとうを食ってやる!! って」

をくれた。

「……………ゆ、由暉様？」

「まあ、大人にならなくても、菓子くらい部屋に持ち込めるようになったんだが……でも、人の出入りが多い家だろう？ 隠すのが習慣になって、会社でもデスクの引き出しに入れてある」

予想の斜め上をいく告白に、凛は我慢できなくなり、とうとう噴き出してしまった。

「こんぺいとう……そんな誓いを立ててまで、食べませんよね、普通」

笑い過ぎて、涙がこぼれそうになる。

「やたら食い意地の張った、おまえに言われたくない」

彼は面白くなさそうだ。

だが、凛にすればそんな由暉が可愛く見え、よけいに笑いが込み上げてしまう。

「いえいえ、由暉様には負けました。三つ子の魂百までって言いますもんね。わかりました！ 今後はサイドボードの引き出しをチェックして、こんぺいとうの常備に努めます」

凛が気取った口調で話したとたん、ふいに腕枕がなくなった。代わって両手首を掴まれ、シーツに押しつけられる。

由暉が彼女に覆いかぶさってきた。

その目は怒っているふうではなく……やり返す気満々に見える。

「いやいや、違うだろう？　おまえが常備に努めるのは、こっちのほうだ」

由暉は指に挟んだコンドームをひらひら動かし、思わせぶりに笑った。

「わ、わたしが、用意するんですか？」

「ラージサイズだからな。コンビニには売ってないから、ちゃんとドラッグストアで買って来るんだぞ」

それは絶対、家政婦の仕事ではない。

「セクハラに思えるんですが……」

「おまえが家政婦なら、そうだろうな。でも、妻になる女に頼んで何が悪い？」

「それは――」

由暉は勝ったとばかり、ドヤ顔で笑っている。

ちょっと悔しくて、凛は横を向いて「承知しました」と答えた。そのとき、彼の手が額を撫で……凛の長く柔らかな髪をかき上げたのだった。

何度も、何度も、繰り返し髪をすくい、指に絡めて、そして口づけた。

「マンションのエントランスで見たとき、アッシュに染めたのかと思ったが、これが素の色なんだな」

それはもう、凛をからかっている声ではなく、甘い誘惑の声だった。

「はい、そうです。パーマもかけてないんですけど、毛先にウェーブまでかかるようになってしまって」

生まれたときには見事なブロンドだった赤ちゃんが、成長するうちにブルネットに変わる、という話は聞いたことがあるが……髪の色が淡くなっていく、というのは知らない。まさか、ここから金色にはならないだろうが、できれば、この辺りの色で落ちついてくれたらありがたい。

「目の色も――アースアイだな」

ほんの数センチの距離に顔を近づけ、そうささやいた。

赤ちゃんのころは、もっと透き通るようなグリーンの瞳をしていたのに――中学校に上がる前、母と最後に会ったとき、そう話してくれた。

『お母さん、知ってた？　わたしの目って、光や角度で違って見えるヘーゼルっていうんだって』

父のことを聞きたくて尋ねたことだったが……母の返事に、凛はがっかりしたことを覚えている。

もっとはっきり、『ひょっとして、わたしのお父さんもヘーゼルだった？』そう尋ねたらよかった、と。

今度会えたら、そう尋ねるつもりだが、いつになるのか見当もつかない。

「ヘーゼル、というそうですよ。黒目の周りがブラウンで……出会ったころはもっと明るめのイエローだったでしょう？　外側のダークグリーンは、うつむくと濁った緑に見えるから、子供のころはどぶ川の色なんて言われました」

「ふーん、でも、今のおまえの瞳は、洞窟の中で見る海の色だ。深いエメラルドグリーンと、内側はブラウンというよりオレンジに近い。宇宙から見下ろした地球のように美しい——ヘーゼルの中でもそんな瞳をアースアイと呼ぶそうだ」

凛の口の中で「アースアイ」と呟く。

その唇を、由暉の唇が塞いだ。強く押しつけられ、自然と開いた唇の間から、彼の吐息が流れ込む。

由暉の脚が、凛の膝を割り、ふたりは素肌をピタリと押しつけ合う。

「凛……おまえは俺の地球だ」

「地球？」

「他のどんな星より美しくて、離れたら生きていけない。俺の命だ」

それはまるで、愛の告白のようで……。

凛は生まれて初めて、自分の瞳を誇らしく思った。

第四章　片恋

桜の木がピンクから、見事な新緑色に衣替えする季節――。

その変わり身の早さに感心する中、由暉の心も鮮やかな色を取り戻しつつあった。

「由暉様ーっ！　ここじゃありませんか？　ほら、ここ、サービスセンターに迷子のコーナーもありますし」

別に、父と行った遊園地を探したい、と言ったつもりはない。

だが凛に、やっと一日休みが取れそうなので遊びに行かないか、と尋ねたところ、由暉が迷子になった遊園地に行きたい、と言い出した。

もちろん、銀座の寿司屋には約束した翌日に連れて行った。

彼女の第一声は、

『由暉様、このお寿司屋さん回ってないんですが、大丈夫ですか？』

最近は銀座にも、回転寿司のチェーン店が進出しているとは聞くが、由暉はこれでも一部上場企業の社長だ。

（いや、あの会長に牛耳られてる、ひよっ子社長にしか見えない、か。凛にとったら、俺は大学生のころと変わらないんだろうな）

そのせいで頼りきれないのかもしれない。

由暉は凛と暮らし始めたここ数日のことを思い出し、小さくため息をついた。

マンションでは、相変わらず家政婦スタイルだ。動きやすいラフな格好に、クールなグレーのエプロンをつけている。三ヵ月分は前払いでもらっているので、働かないわけにはいかない、といって譲らない。

（家のことをしてくれるのは正直助かる。エプロン姿も別にいいんだ。でも、どうせなら、純白のメイド風エプロンとか）

頭の中が妄想でいっぱいになりかけ、由暉は咳払いした。

「何か思い出しませんか？」

「うーん、たぶん、ここじゃない気がする」

「ここは、広過ぎる、とか？」

「それもあるんだが、どうも、遊具類が違うような……。ただ、二十年以上前だからな。アトラクションを入れ替えたと言われたら、なんとも言えない。それでも、俺が行った遊園地に、観覧車はなかった。これは絶対だ」

ふたりがいるのは、正面ゲートに一番近い、ファミリー向けのエリアだ。

人気のアトラクションは、別のエリアになるが、そのほとんどに身長制限がある。今なら一八〇センチを軽く超える由暉だが、四歳のころなら間違いなくその身長制限に引っかかっただろう。

ということは、お目当ての遊園地がここだとしても、遊べるのは今いるファミリー向けのエリアに限られてくる。

彼の目に映るのは、お決まりのメリーゴーランドやコーヒーカップならぬカップケーキ、アップダウンがお子様向けのローラーコースター等々。

そして、ドンと正面にそびえ立つ——大観覧車だった。

観覧車はぱっと見た感じ、それほど新しいものには見えない。おそらく、できてから二十年以上経過していそうだ。

それに、もし正面にこんな大きな観覧車があれば、必ず乗りたいと言っただろう。

だが、観覧車に乗った記憶はない。

「そうですか……まあ、大き過ぎるかな、とは思ったんです。アトラクション数は関東一って聞きましたから」

「わかってて連れて来たわけか？」

何を考えているのかわからず、憮然とした面持ちで彼女を見た。

今日の凛は髪を後ろでひとつに括っている。ポニーテールという結び方に違いない。

後れ毛がうなじにかかり、見ているだけで身体が熱くなりそうだ。由暉は慌てて、視線を下に向ける。

だが、興奮を抑えるために向けた視線の先には……魅惑的な曲線があった。

白地に黒のボーダー柄のカットソーは意外に薄手で、凛のボディラインを浮き立たせている。見ずにいられないのが、たわわに実ったふたつの果実、あれは確実にEカップだろう。瑞々しい張りがあって、尚且つ、しっとりとして柔らかい。あの素晴らしい揉み心地は、まさに男の理想だ。

ウエストはキュッと締まっていて、ヒップにはそこそこのボリュームがある。白いチノパンに包まれた丸みを見ていると、撫でさすりたくて堪らなくなる。

(待て待て、落ちつけ、それじゃ電車の痴漢だぞ)

思えば、六年前もそうだった。

小学生のころとは違い、中学生になってからの、凛の成長スピードには目を見張るものがあった。外国人といわれる父親の血のせいか、数ヵ月ぶりに会うと、別人のように見えたものだ。

同年代の男とひとつ屋根の下で生活を続けるのは、危険以外のなんでもない。

かたや、篠原家では長く勤めている家政婦が増えていた。口は堅くて信頼できるが、年配の女性ばかりでは力仕事がおぼつかない。

母がそんな愚痴をこぼしたとき、好機とばかり、由暉は提案した。

凛はこれ以上ないくらい若い。彼女に仕事と高校進学のチャンスを与えれば、篠原グループの社会貢献はいっそう認められ、それは母の長年のチャリティ活動によるもの、と言われるだろう。何より、数十年勤めた家政婦に比べて給与は半分以下で済む、と。

しかし——凛が住み込みの家政婦として篠原家に入り、由暉がホッとしたのはつかの間のことだった。

今度は彼自身が、大きな我慢を強いられることになったのである。

年配の家政婦たちは凛をこき使い、母も鬱憤晴らしのように凛に当たっていた。そんな彼女が気になり、由暉は家で過ごすことが多くなった。

だがそれは、花開き始めたばかりの彼女をより多く目にすることを意味する。

初めてキスしたとき、凛の目に恋の光を見つけた。

彼女が十八歳になったこと、そして高校卒業まで一ヵ月を切ったこと、由暉自身も大学卒業を間近に控え、早ければ夏には渡米が決まったこと、理由を上げればきりがない。

ただ、これだけは心に決めていた。離れる前にきちんとした約束をしていこう、と。

そう思った矢先、父から呼び出された。

（そういえば、凛は俺がキスしたことを後悔してる、とか言ってたな。なんでそんなことになってるんだ？）

父のほうから気づいて手を回したわけがない。妻子どころか家のことはすべて無関心だった男だ。

そして、気づいたのが母なら、もっと大騒ぎしただろう。

間違ってもこっそり父に相談するような、そんな信頼関係で結ばれた夫婦ではなかった。

しかし――。

今、彼女の胸元で揺れているのは、由暉が彼女の十六歳の誕生日に贈った、オープンハートのネックレス。ずっと持っていてくれた、と思うだけで嬉しくなるが、二十四歳の彼女に相応しいものかといえば……正直、厳しいだろう。左手薬指に収まった婚約指輪とも、全くバランスが取れていない。

当時はその程度の安物しか用意できなかった。

由暉にすれば、自らの不甲斐なさを見せつけられているようだ。

だからこそ、ふたりが特別な関係になったとき、由暉は彼女のために一式コーディネートしてプレゼントしようとしたのだが、要らないと言われてしまい……。

そのとき、凛がはにかみながら口を開いた。

「遊園地、なんだかんだ言って、わたしが来てみたかったんです」

彼女の言葉を聞き、由暉は大きく息を吸った。

母親とふたりで暮らす生活は、食べるだけでギリギリだったと聞いたことがある。当然、遊園地に連れて行ってもらう余裕などなかっただろう。

自分の迂闊さに頭を抱えたとき、彼女は慌てて付け加えてくれた。

「あっと、ええ、母には連れてきてもらったことはないですよ。でも、施設から行きました。あと学校の行事でも、ここじゃなかったですけどね。ああ、それから……高校のとき、クラスメートに誘われて遊びに行ったことがあります」

ちょっと照れたような表情に、由暉はピンときた。

「それはデートか?」

苛立ちが先に出て、『デート』に力を入れてしまう。

「男子とふたりじゃないですよ! ダブルデート? トリプルデート? とにかく、大勢で行ったんです。それだけですから」

それだけ、という凛の顔が妙に色っぽい。頬を染めて横を向く仕草に、由暉に言えない何かがあったのではないか、と思えてくる。

高校のときといえば、篠原家にいたときだ。

凛の存在に悶々とする由暉の気持ちも知らず、呑気にクラスメートとグループデートしていたのかと思うと、理不尽ながら怒りが込み上げてくる。

「由暉様……怒ってますか？　でも、仕事をさぼったわけじゃありませんよ。夏休みの平日でしたが、ちゃんと奥様からお休みをいただいて」

「わかってる。そうじゃなくて……」

まさか――どうして、おまえの初めてのデートの相手が俺じゃないんだ、とは言えない。

由暉は息を吐くと、

「何に乗った？」

「え？」

「だから、乗り物だよ。どこの遊園地か知らないが、ここにも似たようなものはあるだろう？　そのクラスメートの男子とやらと、何に乗ったんだ」

凛は周囲を見回したあと、

「あの、カップケーキ？　あれってコーヒーカップって言われるヤツですよね？　あれと、あとはジェットコースターに乗ったような」

そう聞いた直後、由暉は彼女の手を握った。

「ゆ、由暉様、あの、ちょっと」

「どうせここまで来たんだ。俺たちも遊んで帰ろう。かまわないだろう？」

そのまま彼女の手を引いて、〝カップ♡ケーキ〟と可愛らしい文字で書かれたアトラクションの前まで歩いていく。

「そういえば、真ん中のテーブルをクルクル回されて、降りたあとフラフラしたのを覚えています」

凛は懐かしそうに笑いながら言うが、

「ふん！　どうせ、足元がおぼつかなくなったおまえを、支えるフリして身体に触りたかっただけに決まってる。高校生の分際で、小賢しい奴だ」

「まさか、そんな」

「お化け屋敷にも誘われたんじゃないのか？」

由暉の問いに、凛は目を見開き、口元を押さえた。

何気なく口にしたことが、どうやらビンゴだったらしい。

「入りました……お化け屋敷。あ、でも、わたし、お化けなんて信じてませんから、怖くて抱きつく――みたいなことにはなりませんので」

「なんだ、それは残念」

「この遊園地に、お化け屋敷はありませんから、念のため！」

頬を赤らめ、強い口調で返す凛を見ていると、六年前に戻ったような錯覚に陥る。彼女の手を握りしめたまま、由暉は胸のときめきを抑えることができなかった。

「大丈夫ですか？　由暉様」

凛が心配そうな顔で覗き込んでいる。

大丈夫と答えてやりたいのに……まだ、目の前がグルグルと回っている。

（ったく、凛の前で……情けなさ過ぎる）

由暉が両目を覆うようにしながら、こめかみを押さえたとき、首筋に冷たいものを押し当てられた。

「うわっ！」

「あ、ごめんなさい。スポーツドリンクです。少しはスッキリするかと思って」

「ああ、いや、もう平気だ」

彼女が前屈みになっているせいか、豊かなバストが目の前に見える。

あの谷間に顔を押しつけることができれば……眩暈など、一瞬で消えてしまうのではないだろうか？

（いや、妄想だな。すごい妄想だ。ここは、親子連れで溢れ返ってる遊園地だぞ。していい妄想じゃない）

「調子に乗って回し過ぎました。でも、由暉様って三半規管が弱かったんですね」

「だから、もう、大丈夫だと言ってる」

勢いよくベンチから立ち上がった瞬間、足元がふらついた。

そのまま、凛に抱きつくような形になる。

「や、やっぱり、今日はもう帰りましょう。この遊園地じゃないってわかって、目的は達したわけですし」

凛はおずおずと話すが……。

由暉にすれば――とてもではないが、このままあとには引けない、という心境だ。

「次はジェットコースターだろう？　時間はあるんだ。この際、全アトラクションを制覇してやる」

強気で言い張ると、腕の中の凛がフフフッと笑った。

「わかりました。お付き合いします。ああ、そうだ。売店には下着も売ってるそうですよ。もしものときは、安心してください」

可愛い顔をして、生意気な口を叩く――。

そんな凛との再会を決めたのは、父の告白を聞いたときだった。

父から、由暉に篠原を継ぐ器はない、そう言われた気がした。それならば、まだ篠原の名前が使えるうちに、自分を捨てた凛に思い知らせてやりたい。

大人の女になった凛となら、六年前にできなかったことを楽しめるだろう。

ついでに、あの連中の押しつけてくる結婚相手を追い払えるなら一石二鳥だ。そのあとで異母兄とやらが現れたとしても、心置きなく篠原から出て行ける。

だが、彼女は言った。

『わたしの由暉様は誰にも負けません！』

『由暉様は、簡単にお払い箱にされたりしませんからっ！』

それは起爆剤となり、萎えかけた由暉の心を奮い立たせた。

凛になら、何を言われても許せる気がする。

いや、それ以上に——。

「言ったな。俺を笑い者にして、このままじゃ済まさないぞ」

「わたしはジェットコースターも平気ですから、バンジージャンプだって飛べますよ」

彼女は嬉しそうに笑い続ける。

そんな凛の耳元に唇を寄せ、

「俺だって……ベッドの中じゃ負けない」

由暉はそうささやいた。


ジェットコースターのあとは、高さ六〇メートルから座った状態で落ちるアトラクションにもチャレンジした。

正直、股間が竦み上がったが……売店の世話になるほど無様じゃないつもりだ。

ふたり乗りのゴーカートでは凛がハンドルを握り、由暉は助手席に座った。

あとから、凛には自動車免許がない、と聞き驚いた。だが都内に住む限り、身分証明以外にあまり使い道はないという人も多いのだろう。

射的や輪投げ、ダーツも楽しんだ。由暉が射的で子犬のぬいぐるみをゲットしたとき、凛は今日一番の笑顔を見せて、ぬいぐるみに頬ずりしたのだった。

そんなふたりが、本日最後のアトラクションに選んだのは——大観覧車。

だいぶ陽は傾いており、空は茜色に染まってきている。

「初めてのデートで、観覧車には乗らなかったのか?」

赤いゴンドラに乗り込みながら、由暉は質問する。

遊園地デートの経験はないが、観覧車はカップル定番のアトラクションだと聞く。なんといっても、密室で二十分近くふたりきりでいられるのだ。若い男女なら選ばないはずがない。

だが、凛の返事はノーだった。

「観覧車はラストに乗ろうって、みんなで話してて……。でも、三つくらい遊んだら、気分が悪くなった女子がいて、わたしが付き添って先に引き揚げたんです」

凛は由暉の正面に腰を下ろしつつ、床以外は全面ガラス張りのゴンドラ内を珍しそうに見ながら答えてくれた。

「そうか、まあ、やりたい盛りの高校生男子とふたりきりになっても、いいことはない。引き揚げて正解だ」

由暉の言葉に、彼女は少し悲しげに微笑む。

「どうした？」

「……気分が悪いっていうのは、嘘だったんです」

「は？　なんだって、そんな嘘を？」

凛曰く——。

その日のグループデートは、同じクラスの男子に恋する女子を、応援するために計画されたものだった。凛が知らされていなかったのは、その女子グループとクラスメート以上の付き合いがなかったからだという。

住み込みの仕事をしながら全日制の普通高校に通う凛は、同級生の中でも異質な存在だった。

当然、親しい友だちもいない。

それが突然、一緒に遊園地に行こう、と誘われたのだ。苦手な女主人に頭を下げてでも、遊びに行きたかったのも無理はない。

だが、その女子グループにとって、凛は目当ての男子を連れ出すための——餌にすぎなかった。

「わたしには仕事があったので、授業が終わったらすぐに帰ってたでしょう？　見た目もこんなだから……ミステリアス？　男子から、そう言われてたらしいです」

後日、

『ごめんね、加賀美さん。でも、加賀美さんなら気にしないかな〜って。だって大人っぽくて、社会人の彼氏もいるって噂だし』

『そうそう、あたしたちとは比べものにならないほど、いろんな経験してるんでしょ？』

一切悪びれることなく、『告白、上手くいったんだって』と笑顔で話しかけてきたというのだから……。

その男子のほうも、凛の魅力にあわよくば、と思っていたに違いない。ところが、肝心の凛はさっさと帰ってしまった。代わりにデートした女子から告白されたら……近場で手を打つのが思春期の男子だろう。

凛を利用した女子たちは、きっとそんな男心まで計算していたのだ。

「高校生でも、女は怖いな」

とっさに口をついて出てしまったが、凛はそんな由暉の感想に苦笑いを浮かべた。

「まあ、わたしも言い返しましたからね。──上手くいってよかったね。でも、次は最初から教えておいてね。そのほうがフォローしやすいからって」

愉快そうに言うが、それが本心でないことはすぐにわかった。

だが、由暉には気づかれていないと思っているのだろう。彼女は尚も笑い続ける。

「放課後も、土日も、休みなく働いていたんですよ。そんなわたしに社会人の彼氏なんて、どこで出会えるっていうんでしょうねぇ。しかも、経験なんて……」

「ああ、そうだな。でも、大学生ならいいたんじゃないか？　ひとつ屋根の下に」

虚を突かれたように、凛の表情が固まった。

「住む、世界が、違いました……身分が違うっていうか」

切れ切れの返事に、今度は由暉の胸がざわめく。

「住む世界？　俺は——東京都に住む日本国民だ。おまえの住む世界には、妖精でも飛んでるのか？」

「妖精は……いませんけど」

由暉は立ち上がると、凛の前に跪く。

「じゃ、気軽に月まで飛んで行けるような世界かな？」

触れそうで触れない。

だが、ふたりの間には数センチの距離しかない。

「由暉様だって、わかっているくせに……わたしたちの間には」

うつむいた瞳はいっそう緑が濃くなる。それは深い水底を思わせるようで……ゆらゆらと揺らめいて見えた瞬間、由暉は彼女の膝に触れていた。

さわりと太ももを撫で、両脚を摑んで左右に開かせる。その太ももの間に、跪いたまま由暉は身体を割り込ませた。

「俺たちの間に、何があるって？」

「もうっ、由暉様ったら、すぐにそういうことを」

ピンクベージュに艶めく唇に、由暉はソッとキスする。

ただ押し当てるだけのつもりが、もう少し長く、もう少し強く、と思っているうちに、しだいに深いキスになってしまう。

唇を離したとき、唾液が糸を引き……由暉は彼女の口角をペロッと舐めた。

「やっ、んっ」

熱を孕んだ吐息に、ふたたび眩暈が襲ってきそうだ。

「凛、そろそろベッド以外でも〝様〟は、なしにしてほしいんだが」

再会して数日、抱き合った回数も数回しかない。だが、出会ってからなら、すでに十六年も経過している。

もう、自分で自分が止められなくなっていた。

由暉は彼女のカットソー、大きく開いたボートネックをさらに押し下げ、繊細なラインを描く鎖骨に口づける。舌を這わせ、襟元から見えるかどうかギリギリの位置に、薔薇の花びらのような刻印を押した。

「あっ、やだ……由暉、さ……ん、外から、見えてしまいま、す」

キスマークが、ではなく、別のゴンドラの乗客に、ふたりのキスシーンが見えそうだという意味だろう。

「ああ、そうだな。じゃあ、俺の膝の上においで。床に座れば見えない」

言いながら、彼女の二の腕を掴んで引っ張った。

凛は椅子から滑り落ちそうになり、慌てて彼に抱きついてきたのだ。

「きゃっ！　もう、強引なんだから」

「やっと、観覧車までたどり着いたんだぞ。今、強引にならなくて、いつなるんだ？」

テレビで聞いたようなセリフを吐きながら、由暉は胸の谷間に顔を埋める。

とたんに、甘い香りが由暉の全身を駆け巡った。ふんわりとした感触に、脳みそまで蕩けてしまいそうだ。彼が高校生なら、観覧車から降りたあと、売店に駆け込む羽目になっただろう。

それくらい、凛の肌は極上のなめらかさがあり、男から理性を奪っていく。

「このまま、服を脱がせたい。おまえの胸をもっと味わいたい」

由暉が心のままを口にしたら、凛の鼓動がドクンと強く打った。

「ダメ、です。すぐに、下に着いてしまいます」

窓の外から朱色の光が射し込んでいた。空がやけに近くに見え、由暉は眩しさに目を細める。

いつの間にか、ゴンドラは最高点まで到達していたらしい。

由暉は凛のチノパンの前を寛がせ、下ろしたファスナーの間から手を入れた。ショーツをずらして、その中へと指を滑り込ませる。

「ゆう、きさ……あ、やっ、あぁっ」

指先に触れた彼女のアンダーヘアは、柔らかな絹糸のようだった。

指に絡め、ゆっくりと撫で回す。その奥には、ぽってりとした花びらに包まれた淫芽が潜んでいた。

チョンチョンと突いてみる。

すると、そのたびに、凛の身体もピクンピクンと跳ねた。

指をさらに奥まで進めると、そこはすでに蜜が溢れていて、しっかりと潤っている。

軽く抜き差ししたとき、クチュッと水音が聞こえてきた。

「ん？　ずいぶん濡れてるな。これは……もっと先まで期待して、エッチな気分になってるせいかな？　それとも、ジェットコースターでちびったとか？」

ちょっとした仕返しのつもりだったが、凛が涙目で睨んでいるのを見て……心の中で軽く舌打ちする。

（泣かせたか？　やり込めてどうするんだ）

女に馬鹿にされるのは許せない性質だが、凛には引き分け、いや、負け越しくらいがちょうどいい。

由暉には自分がついていなければ——そう思ってもらえたら重畳だ。

さっさと謝ろうとした、そのとき、凛の手が彼のズボンに触れた。ファスナーの上を彷徨ったあと、硬くなり始めた雄身を優しく撫でさすった。

「り、凛!?」

「由暉さん、こそ……もう、硬くなってきてますよ。こんなところで……エッチ、なんだから」

涙目は涙目だが、恨みがましいそれではなく……。

彼女の瞳はしだいに、好奇心を宿した情熱の色へと変わっていく。

(おいおい、負け越しはいいが、完敗は御免だぞ)

しなやかな腰を引き寄せ、白いうなじに唇を落としながら、ショーツに押し込んだ指を忙しなく動かす。

パソコンのキーボードを叩くように、素早く、正確なタッチで。

「あぅ……はぁう、あ、あぁ……やあぁ」

凛の口から甘い声が漏れてきて、腰が揺れ始めた。

拙い腰つきが堪らなくいじらしい。叶うなら、すぐさま彼女の膣内に押し込み、ピッタりと腰をくっつけて、情熱的なダンスを踊りたいところだ。

中指を蜜窟に挿入した瞬間、きゅううっと締まった。

六年前、凛のすべてを自分のものにできる、と思っていた。彼女にキスすることも、豊かな胸に触れることも、無垢な躰を奪うことも、すべての権利は自分にある、と。

だが、再会した彼女は、完璧なまでの美しさを身に纏っていた。

凛を女に変えた男に、憎悪すら覚えたのだ。

それが、的外れな怒りだと知ったときの衝撃は……言葉では言い表せない。

「下までもう時間がない。でも、おまえだけは達かせてやるから……クッ！」

二本めの指を第一関節まで押し込み、わずかに折り曲げて浅い部分を刺激した。

それだけで凛なら軽く達するだろう、と思ったとき……彼女は掌で、由暉の欲棒を押したのだった。

油断したら、持っていかれそうになる。

由暉はほんの少し息を止め、快感の波をやり過ごす。

言葉どおり、彼女を絶頂へと導きたくて……由暉は別の指を使って、最も敏感な淫芽をまさぐった。

「やぁんっ！　やっ、あっ……あぁ、ダメ、もう……ダメなの、あーっ！」

由暉に抱きつき、彼女は堪えきれないとばかりに内股を擦り合わせた。

強い力なので、挟まれた手は簡単には抜けそうにない。挿入した指を伝って温もりが流れ落ちてきて、由暉の手をしとどに濡らしていく。

「観覧車を降りたら、売店に寄ったほうがよさそうだ」

ほんの少し、からかっただけのつもりだった。

だが――。

「由暉さんなんて、嫌い……もう、大嫌い」

泣きそうな声で言われたら、一瞬で熱が冷める。

由暉は慌てて、彼女の乱れた衣服を整えてやり、降りるために立たせてやった。

立ち上がった瞬間、ゴンドラが大きく揺れた。まだ、腰がふらついていた凛を抱きしめて支える。

「言い過ぎた。というより、こんな場所で、やり過ぎだな。――すまない」

こんな真似は、大人の男がすることじゃない。

これでは、盛りのついた高校生並みだ。そんな振る舞いをしてしまったことに、心から反省する。

しゅんとした由暉に向かって、凛は怒ったように言葉を続けた。

「わたしだけ、なんて……そんなふうに言ったりしないで。わたしは……あなたと、一緒がいい」

その瞬間——凛の責めるような、それでいて悲しげなまなざしに、由暉の理性はあっさりと白旗を振った。
☆　☆　☆

容姿を褒められて悪い気はしない。セクシー、色っぽい、経験豊富、そう思わせることは牽制にもなった。

だが、由暉にだけは、そう思われたくない。

抱き合って、たったひとりの男と知られた彼にだけは、素のままの凛を見てほしいと思う。

観覧車から降りるなり、彼に手を引かれ、ゲートを抜けて駐車場に戻った。

彼の車はドイツのメーカーだ。黒い車体は駐車場の隅にポツンと残っていて、彼は遠隔操作でロックを解除し……なぜか、後部座席のドアを開けて乗り込んだ。

「由暉さ……ん、あの、どうして、後部座席?」

先に押し込まれ、振り向きながら尋ねる。

「一緒がいいんだろう？　俺もそうだ」

スーツの上着を脱ぎ、ネクタイもほどいて助手席に放り投げたあと、彼は覆いかぶさってきた。

遊園地に行くのだから、もっとラフな格好のほうがいい。凜は何度も言ったが、彼は自宅から一歩出るときは、スーツ以外は着ないと言って譲らない。

今思えば、大学に通うときもスーツだった。

(あのころもカッコいいって思ってたけど……今とは比べものにならない。でも、何も着てないほうが素敵……なんて、やだ、わたしのほうがエッチみたい)

ドイツ車の後部座席は、凜が仰向けに転がっても充分な広さがあった。

性急にキスしながら、彼は凜のチノパンを脱がせようとする。とんでもない場所のはずなのに、さっきの観覧車に比べたら、いくらかマシに思えてしまう。

「外から……見えませんか？」

「スモークフィルムを貼ってある。完全に陽は落ちたし、この暗さなら、窓ガラスに張りつかない限り見えない」

チノパンと一緒にショーツを引きずり下ろされ、両方とも片脚だけ脱がされる。

直後、大きく脚を開かされた。

由暉も腰を落としながら、ズボンのベルトを外し……ファスナーを下ろす音、衣擦れの音が聞こえて、数秒後、彼が躰の中に入り込んできた。

「ん……あぁ」

観覧車での愛撫の名残か、スルッと彼の昂りを受け入れる。

「ああ、凛……おまえの躰は俺にピッタリだ。気持ちよくて……いや、よ過ぎて、頭がおかしくなる」

情熱的にささやきながら、由暉は何度も彼女に口づけた。

ふたりの関係は、まるで本物の婚約者みたいだ。麗華との結婚を避けるために、凛と入籍まですると言っていたが、今の由暉なら本気かもしれない。

薄暗い車内に、ハアハアというふたりの荒い息遣いが広がった。

その隙間を縫うように、恥ずかしい蜜音が聞こえてくる。グジュ……ズチュ……と聞こえるたび、凛の身体は熱くなった。

「わたしも……気持ち、いい。奥まで、いっ、いっぱいに……なって、恥ずかしい、のに、もっと……って」

「もっと?」

「だから……奥まで入ってきて、も……平気、もっと、強くしても、だい……じょう、ぶ、だか……ら」

その返事を伝えるなり、由暉の昂りで最奥を突かれた。

凛の身体がリズミカルに揺れる。きっと、車も大きく揺れていることだろう。もし近づく人がいたら、車内で何をしているか、すぐにわかってしまうに違いない。

頭の隅ではそんなことを考えるのに、由暉に『やめて』のひと言が言えなかった。

セックスで得る快感なんて、一生知らなくても生きていけると思っていた。でも今は、由暉に抱いてもらえなくなることが、怖くて堪らない。

母が凛を施設に預ける一番の理由は、生活の苦しさではなく、男性の存在だった。

子供を捨てても恋人を選ぶ――そんな母の行動だけは、長く理解できずにいた。

だが、たったひとりで子供を育てていたら、心細さを紛らせるために、恋に逃げることもあるかもしれない。

人肌の温もりや、与えられる悦びを知り、深みにはまっていくのが人間の弱さだ。

(わたしも母と同じね。報われないとわかっていても、由暉様に求められたら……どんなことでもしたいと思う。六年間の努力を、無にしてしまうかもしれないのに)

愛を伝えられない恋。

ひょっとしたら母も、凛の父にそんな恋をしたのかもしれない。

胸の奥で悲しみと喜びがごちゃ混ぜになり、複雑な思いがよぎる。直後、抽送のピッチが上がった。

「凛、傍にいてくれ……ずっと、俺の傍に……」

腰に手を回され、力いっぱい抱きしめられた。

激しかった動きが急に止まり、深い部分で情熱の塊が小刻みに震える。薄い膜越し、吹き上げる白濁を感じながら、凛は爪先までピンと伸ばした。

「は……い。ずっと……ずーっと、あ、あなたの……傍に、いさせて」

凛の中を悦楽が駆け巡る。

彼から与えられる情熱のためなら、それが無くなるまで彼の傍にいよう。頤を反らしながら、凛の思いは一直線に由暉へと向かっていた。


「車の後部座席って、意外と狭いんだな」

とりあえず、乱れた服を整えて身体を起こす。

すると、後部座席に座った凛の膝に、由暉は頭を載せてきたのだった。

「由暉様……こんなところで、寛がないでください」

「また、〝由暉様〟に戻ってるぞ」

長年の習慣なので、そう簡単に修正はできない。

凛は何も答えず、ほどけた髪を手櫛で整える。シュシュはどこかに落としたらしく、後部座席には見当たらなかった。

「このまま、道沿いのホテルにでも飛び込みたいところだが……残念ながら、マンションまでお預けか」

由暉は手を伸ばして、ほどけた髪を指先に絡めた。彼はたびたび、凛の髪を指に巻きつける。ときには口づけることもあった。

その声色は甘く濡れていて、彼の情熱はまだまだ燃え盛っているようだ。

（そういえば……一回で満足するわけない、わよね？　だって、最初の夜でさえ三回も……）

ショーツは恥ずかしくなるくらい濡れている。この分なら、チノパンにも染みているかもしれない。だが、どちらも穿かないわけにはいかず……。

いろいろ思い出して、凛は太ももを擦り合わせた。

「おまえのほうは、ラブホテルでもOKって感じだな」

「そ、それは……一度くらい、ラブホテルっていうのを経験してもいいかなって」

遠慮がちに、それでいて積極的な言葉を口にしてしまう。

「俺も経験してみたいところだが……あいにくと、持ち歩いてたゴムがさっきのでラスト一個だったんだ」

「ゴ……」

そんな理由で、と笑っていいのだろうか？

そういえば、ラージサイズなのでコンビニでは売っていないと言っていた。

他の男性を知らないので比べようがないが、たしかに、最初に挿入されるときの圧迫感は、何度経験しても苦しいものがある。

「おまえとは、本当に相性がいい。夢中になると、うっかり忘れそうになる」

トクンと胸が高鳴る。

「わたしも――」

同じ思いだと伝えようとしたとき、

「でも、おまえを妊娠させたくないから、気をつけないと」

由暉は何気なく……本当に、何も意識せずに付け足したような言葉だったが、それは信じられないほどの勢いで、凛の胸に突き刺さった。

傷つくようなことではない。

避妊に充分配慮しようと言ってくれているのだから、むしろありがたいくらいだ。

ごく当たり前の家庭――会社員の父親、パート勤めの母親、たまに喧嘩して親の悪口を言って秘密を共有する兄弟姉妹、ペットの犬、田舎のおじいちゃんにおばあちゃん――そんな、ホームドラマのような家庭に憧れたことがないと言ったら嘘になる。

だが、その母親役が自分に務まるのか、と思うと……やっぱり二の足を踏んでしまう。

もし自分が母親になるとすれば、自然と思い浮かぶのが、やはりシングルマザーになった姿だった。

今の生活は安定している。仮に、この生活に子供が加わったとしても、凛の母のように施設の手を借りなければ子供を育てられない、といったことにはならないだろう。

しかしそれは、あくまで机上の空論。

そこに恋という要素を付け加えたら……凛の中にあるちっぽけな自信など、たちまち消えてしまうだろう。

「そう、ですね。わたしも、子供はまだ……」

言葉にした瞬間、凛は胸の痛みに気がついた。

(わたし、傷ついてるの？　どうして？　由暉様と、こうしていられる時間は……永遠じゃないってわかってるわ。ちゃんと……わかってる)

何度も自分に言い聞かせる。

おそらく、顔から血の気が引いていることだろう。

由暉は彼女の変化に気づかないらしく、これまでと変わらない調子で口を開いた。

「同じ気持ちでよかったよ。もっともっと楽しみたい。おまえには、いろんなことを教えてやりたいから」

車内は薄暗く、由暉のセリフには艶があった。

凛は深呼吸して、胸のモヤモヤをひと息に呑み込む。

「そんな……わたしのことより、会長への対処を優先させてください。とくに円城寺様の件。早めに手が打てれば、わたしと入籍しておく必要もなくなるんですから」

なんて酷いセリフだろう。本心は真逆なのに、凛にはこんな言い方しかできない。

すると、由暉はため息をつきながら起き上がった。

「せっかく楽しい休日だったのに、いきなり現実に引き戻すなよ」

「もちろん、今日は楽しかったです。でも、これ以上……セックスの快楽に溺れるのは、お互いのためにならないかと」

「ふーん、なるほど。俺よりおまえのほうが、セックスの快楽に溺れそうなわけだ」

まさか、そのとおりとは言えない。

彼に触れられるたびに夢中になり、麗華との結婚を阻止するためだけでもいいから、妻にしてほしいと願ってしまう。

だが、大変なのは由暉だけでなく、凛も同じ立場なのだ。

言い訳のしようがないほど、凛は会長の怒りを買った。会長がフリーバードの派遣先に横やりを入れてくる可能性は大いにある。反面、うちのような零細にまで手は出してこない、と楽観する自分もいて……。

凛は髪をかき上げながら、

「わたしに、傍にいろとおっしゃるなら、頑張ってくださいませんと」

「俺が頑張っていないように見えるか？」

彼は至極、真面目な声だ。

頑張っていないわけではないと思う。

だが、会長を前にしたときの態度が、どうも隙だらけに見えた。会長の娘婿、三谷が口にした『反抗期の子供』というフレーズ、あの言葉が凛の頭から消えない。

会長が由暉を『青二才』と言ったことも気になる。

（まあ、八十過ぎの大旦那様に比べたら、誰だって青二才だろうけど）

思えば、凛が篠原家で働いていたとき、すでに五十代だった息子の博暉すら、青二才扱いだった。

黙り込んだ凛の隣で、彼はさらに深いため息をつく。

「俺のこと、信じてないのか？」

「信じてます。信じてるから、こうして、婚約指輪だってはめたままでいるんです。でも、会長や奥様と対峙したとき、わたしはどんな態度を取ればいいのか、そういう打ち合わせだって大事だと思うのに、ふたりきりになると、つい」

ＴＫリミテッドタウンのレストランで会長と顔を合わせたとき、お互いにふい打ちだった。

だが次は、相応の準備をして、凛を由暉の傍から追い払おうとしてくるはずだ。

そのことを話そうと思っても、由暉に抱き寄せられると……つい、応じてしまう。

いろいろ思い出してうつむいていると、彼は思いがけないことを口にした。

「会長には――別の餌をまいておいた。上手くやれば、俺を思いどおりにするだけじゃなく、目障りな母まで纏めて放り出せるネタだ。そっちに決着がつくまで、おまえの前には現れないさ」

「それって、いったいどんな」

「鍵は替えたから、円城寺の娘は入り込めないし……。母は、今のところ、この間のレストランでの騒動を知らない」

その言葉にびっくりした。

優子のことだからすぐに聞きつけ、マンションまで怒鳴り込んでくる、とばかり思っていたのだ。

(毎日ビクビクしてたのに……知らないって、どうして?)

啞然とする凛に、彼はあっさりと教えてくれた。

「言っただろう? 会長と母の仲は最悪だって。それに、覚えてるか? 最後に、会長がおまえに尋ねたこと――」

一瞬、何を言っているのかわからなかった。

だが個室を立ち去る直前、会長はきつい口調で凛を問い質した。

『おまえの裏に誰がいる？』

直後に『青二才』発言があったため、そちらに気を取られていた。

会長は凛の裏に誰かがいて、意図的に由暉を誘惑した、と思っている。それが優子以外の誰かだった場合、凛のことを教えたら、両者が手を組むかもしれない。そうなれば、会長にとってはマイナスだ。

「あのとき、俺はムキになって言い返した。誰の目にも、おまえにべた惚れで、骨抜きにされてる、と映っただろう。女にいかれた男を、コントロールするのは簡単だからな」

「簡単？」

「その女を味方にすればいい。つまり――おまえ、だ」

由暉に指さされた瞬間、ドキッとした。

「あの連中が近づいてきたときは、味方に引き込もうとしていると思え。でも、おまえは、絶対に俺を支持してくれるんだろう？」

「は、い。もちろん、です」

「だったら、打ち合わせなんか必要ない。会長を前にしたときと同じように、毅然として言い返してやれ。俺も、おまえを信じてる」

彼は凛の顔を覗き込むようにして、自信たっぷりに笑った。

その笑顔に引き寄せられ、凛は手を伸ばして彼の胸に抱きついていた。

「——はい」

「凛、おまえなぁ。お互いのためにならない、とか言いながら……また、抱きたくなるだろうが」

困ったような、呆れたような声に、凛は慌てて彼から離れようとする。

「ご、ごめんなさい」

「いーや、謝っても許さない」

後頭部に手を添えられ、ふたりの唇が重なり……。

凛が目を閉じようとしたとき——コンコン、と窓ガラスをノックする音が聞こえたのだった。

ふたりは弾かれたように離れる。

運転席の窓ガラス越し、懐中電灯らしき光がちらついた。

「すみませーん。どなたか、乗っておられますかぁ？　閉園時間が過ぎましたので、駐車場も閉めさせてもらいますよー」

遊園地の職員らしい。警備員か駐車場係か、高齢の男性の声に聞こえた。

由暉はそのままの格好で、運転席と助手席の間を通り抜けていく。そして、運転席に座るなりエンジンをかけ、凛に向かって……口の前で指を一本立てた。

黙ったまま、動かないように、というジェスチャーらしい。

彼は窓ガラスを下げると、

「すみません。すぐに出しますので」

それだけ言うと、窓を閉めながら車を動かしたのだった。

「見られ、ましたよね？　ずっと、駐めたままで……きっと変に思われてますよね？」

セックスに……由暉の魅力に溺れているのは、間違いなく凛のほうだ。

凛は顔を覆ったまま、身体を折るようにうなだれる。

「だから、なんだ？　誰に見られても、どう思われてもかまわない。俺は、おまえに溺れると決めたんだ」

まるで意に介さないといった様子で、由暉は前を向いたまま宣言する。

「由暉様？」

「先に言っておくぞ。俺は絶対に後悔はしない。万にひとつ、溺れて死んだときは――地獄まで一緒だ」

なんて力強い言葉だろう。

由暉は時々、愛されていると勘違いしそうな言葉を凛にくれる。そのたびに心を揺さぶられ、逃れられない恋情に身悶えさせられるのだ。

そして彼は、凛に向かって右手を差し出した。

その手を無視することなどできない。凛はそうっと手を伸ばし、大きな手に触れ……次の瞬間、力いっぱい摑まれた。

羞恥に頬を染めながら、凛もギューと握り返す。

「わかりました。わたしも一緒に溺れます。でも……死んだあとは天国に行く予定なので、地獄はちょっと」

「……」

数秒間、沈黙したあと、由暉は繋いだ手を思いきり引っ張った。

「きゃあっ！」

凛は後部座席から、前に向かって身を乗り出す格好になる。

「ったく、口の減らない奴め！」

彼はブツブツと文句を言いながら……信号で車が停まったとき、素早くキスしてきたのだった。

第五章　危機

五月に入った。世間ではゴールデンウィークの真っ只中だ。

凛の指には婚約指輪がはまったまま、家政婦の仕事も続行中だった。

「じゃあ、入籍はまだなんだぁ」

「ははは……本当に入籍してもらえるかどうか、あんまり期待しないでくれたらありがたいかな」

由暉の仕事を引き受けて以降、凛は週一のペースでフリーバードの事務所に顔を出し、彩乃に近況報告をしていた。

今日も、連休中も仕事があり事務所にいるという彩乃に会いに来たのだ。

会長とのことがあってすぐ、彩乃にも由暉との婚約を伝えた。何かあれば、真っ先に迷惑をかけることになるので、黙っておくわけにはいかない。

ただ、すべての事情を話すわけにもいかず、

『気に入らない相手との結婚を押しつけられてるみたいで、それくらいなら昔なじみのわたしと、って。まあ、結婚までたどり着くかどうかわかんないけどね。でも、一応、ＯＫしちゃったのよねぇ。よかったのかな？』

再会して一気に恋が燃え上がった、などという陳腐な脚本より多少マシだと思う。

『よかったに決まってるじゃない！　二十代前半の一番いいときに男っ気ゼロ！　ハリウッド女優並みの顔と身体を、このまま腐らす気かと思って心配してたんだから』

という彩乃をはじめ、会社のみんなも、

『びっくりですけど、副社長らしい結婚の決め方だと思います！』

『頑張ってください！　シオンの社長夫人になったら、フリーバードも安泰ですよね』

『もし婚約解消されたら、慰謝料ガッポリもらうのよ！　遠慮しちゃダメだから、お金はホント大事だからね』

最後に叫んだのはパートの離婚経験者だ。

ちなみに、彩乃も含めて離婚経験者は三人もいるので、その全員が強くうなずいていた。

「期待？　もちろん、期待してますよ～。だって、凛ちゃんが抜けると大変って言ったら、ソッコーで営業事務の女の子をふたりも寄越してくれて……」

それには凛も驚いた。

だが、いきなりふたりも増やせないと伝えたら、そのふたりから――自分たちは篠原社長に雇われた契約社員で三ヵ月分の報酬はすでにもらっている、というのだ。

さらには、由暉に指示されたと言い、経営コンサルタントまでやって来た。

登録スタッフを三倍に増やせば、純利益が倍増するという提案をしてもらったが……凛は丁重にお断りしたのだった。

「ねえ、彩乃さん。売上倍増って話、勝手に断ったから怒ってる？」

偉そうな経営コンサルタントに言われなくても、凛にだって利益を増やすやり方くらいわかっている。

だが、人を増やせば様々なトラブルも増える。利益が倍増したとき、リスクは三倍増になっているだろう。

とてもではないが、そんな危険を冒す気にはなれない。

「やめてよ、もうっ！　いくらあたしだって、そこまでお気楽じゃないって。凛ちゃんのおかげで会社潰さずに済んで、母さんも喜んでるんだから」

彩乃は照れ笑いを浮かべながら答える。

所長をしていた彩乃の母、志乃は、心臓を悪くしたので現役に戻ることはできない。でもだいぶ回復して、今は孫のご飯を作ってくれるそうだ。

そのおかげで連休の合間に仕事に出て来られるのだ、と彩乃は笑う。

「うん、初期投資もしなきゃいけないし、人を雇ったら責任も重くなる。由暉様に資金援助を頼んだら……断らないと思う。でもそうなったら、フリーバードは自由を捨てて鳥籠に入ることになってしまうから」

たくさんの人に助けられて生きてきた。だからこそ、自分の足で立つことの大切さをわかっているつもりだ。

きちんと自立して、今度は凛が、誰かを助けられる人間になりたい。

凛の言葉を聞き、彩乃は申し訳なさそうな顔をした。

「営業事務の子たち、断ったほうがいいかな？　それで凛ちゃんが肩身の狭い思いをしてるんなら、あたしが頑張るし」

「あー、それはいいんじゃない。なんたって、副社長様を専属家政婦に雇おうっていうんだもの。代わりの人員くらい配置してくれて当然」

凛が冗談めいた口調で答えると、彩乃はホッとした顔になり……ふたり一緒に笑ったのだった。

事務所は雑居ビルの三階、古いコンクリートが剝き出しの階段を下りながら、凛はフリーバードを立ち上げたときのことを思い出していた。

その事務所は、鳥飼家政婦紹介所のころから使っている。築四十年以上、かなり老朽化していて、社名を変更したときに移転も検討した。だが家賃は安く、駅まで徒歩一分という立地のよさだ。引っ越し費用も馬鹿にならず、凛たちは引き続き、三階まで階段を上がるほうを選んだのだった。

（今だったら、もう少し都心に移ることもできるんだけどね）

ビルから出て、四十年前なら真っ白だったはずの外壁を見上げ、凛は目を細めた。

角をひとつ曲がれば、正面に駅舎が見える。

凛が住んでいるワンルームマンションは、その駅舎を挟んだ反対側——歩いて行ける距離だった。

自宅には二週間ほど帰っていない。

（寄ってから戻ろうかな。由暉様も、今日は遅いって言ってたし……。窓を開けて、掃除機をかけて、野菜室は整理したけど、冷凍庫もチェックしといたほうがいいかなぁ）

鷹揚に構えていた由暉だったが、四月末くらいから、さすがに帰りが遅くなった。

由暉が会長に与えた『別の餌』が何かはわからない。

だが、そのおかげで、四月中の婚約披露パーティは立ち消えになったと由暉から聞いた。

彼の帰りが遅くなった一番の理由は、ゴールデンウィークの最終日、都内のホテルで由暉の社長就任披露パーティが行われるからだ。

凛は参列しなかったが、四月末に前社長、博暉の四十九日の法要があった。そのときに、忌明けしたのでそろそろお披露目を、と言われたらしい。

ただ、パーティは額面どおりとはならないようで、由暉も気が抜けない様子だ。

『ああ、そうだ。おまえのドレスも注文しておいた。俺のパートナーとして出席してもらうから、覚悟しておいてくれ』

そう言われたのは今朝のことだった。

副社長の肩書を得て、凛も会社や個人のパーティに呼ばれる機会が増えた。もともと物怖じする性格ではないが、篠原グループの社長就任披露パーティともなれば……。

いったいどれほどの規模になるか、想像もできない。

(これほどのプレッシャーって、初めてかな？　ちょっとビビってるかも)

だが、どれほど怖くても、これまでの人生で凛に逃げ場などなかった。

気合を入れ直し、夕食の献立を考え始めたとき、ふいに、背後から声をかけられた。

「失礼ですが、家政婦派遣会社フリーバードの副社長、加賀美凛様で間違いございませんか？」

久しぶりに肩書と名前を省略なしで呼ばれ、凛は振り返るなり、「ええ」とうなずいた。

声をかけてきた男性は六十代前半、いや、後半かもしれない。髪には白いものが交じっていて、よく言えばすっかり落ちつき、悪く言えば枯れている風情だ。

間違っても、ナンパ目的で声をかけた、とは思えない。

いつもどおり、パンツスーツを着用していた凛は、スッと姿勢を正した。

「はじめまして……じゃなければ、ごめんなさい。あなたのことを思い出せないの。お名前と、できれば会社名もお教えいただけるかしら？」

事務所近くということで、気を抜いていたかもしれない。

凛はにっこりと営業スマイルを浮かべた。

「それには及びません。あちらの車に、あなた様のお母様がお待ちです」

「…………は？」

たっぷり五秒は返答に詰まった。

彼は言った『あなた様のお母様』と。それは、凛が十二歳のときに別れたきりの母、加賀美愛のことだろうか？

白髪交じりの男性は人の好さそうな笑顔を見せ、

「さあ、どうぞ、こちらでございます」

何も答えない凛を置き去りにして、さっさと歩いて行ってしまう。

彼が近づいた車は、どこにでもある白のセダン、それも国産車。リヤガラス越しには、大きなつばのついた帽子をかぶった女性が見えた。

（まさか……まさか……あれが、お母さん？　ひょっとして、由暉様との婚約話が広まって、会いに来てくれた、とか？）

凛は警戒も忘れ、開かれたドアに飛びつくようにして、後部座席に飛び込んでいた。

「お母さん！」

女性はゆっくりと帽子を取り、顔を上げ――。

「その呼び方は、まだ早いのではないかしら？　そうよねぇ、加賀美さん」

にっこりと微笑んだその顔は、由暉の母、篠原優子だった。


三分後――。

凛はセダンの後部座席に座り、車は走り出していた。

運転席に座るのは白髪交じりの男性。彼は優子の運転手で宮永(みやなが)というらしい。

「いやだわ、宮永ったら。近い将来、あなたの母親になるかもしれない、ということまで、きちんとお伝えしなかったの？」

「言葉が足りず、申し訳ございません」

ふたりはしれっとした顔で、茶番を繰り広げている。

最初から、凛を騙して車に乗せる気満々だったのだろう。それも目撃した人に、〝無理やり〟とか〝強引に〟といった印象を一切抱かせない見事な作戦だ。

この車も、誰が選んだのかはわからないが、絶妙のチョイスに思える。

これが黒塗りのベンツや柄の悪そうなワゴン車なら、凛は絶対に乗らなかった。

凛がいつまでも無言でいると、優子のほうから話し始める。

「普通はねぇ、そちらから挨拶に来るのが常識ではないの？　仕方がないから、あたくしのほうから参りましたの」

「それは、恐れ入ります」

抑揚のない声で、できる限り短い言葉で答える。

「まったく、驚きましたわ。夫が亡くなったとたん、今度は息子に近づくなんて……本当に恥知らずな娘ね」

「……」

「まあ、高校生のくせに、大企業の社長を誘惑するような娘ですもの。あの子は夫に似て、女を見る目がないのよ。困ったものだわ」

凛は無表情のまま、進行方向をみつめていた。

そんな凛にムカついたらしい。優子はお上品ぶった仮面を剝ぎ取り、本性を見せるように怒鳴り始めた。

「ちょっと、なんとか言いなさい！　家政婦派遣会社だったかしら？　あんなちっぽけな会社、あたくしが命令すれば、すぐに潰せるのよ!!」

「今のは脅迫ですね」

そう答えたとたん、優子の顔色が変わった。

「なんですって？　そんなもの、証拠がなければ……」

「最近はスマホで簡単に録音できるんですよ。ご存じありませんか？」

ジャケットのポケットから、チラッとスマートフォンを見せる。アプリは入れてあるが、いつも起動しているわけではなく、もちろんハッタリだ。

だが、さすが篠原家に嫁いで三十年、あの会長と渡り合ってきただけのことはあった。

優子は慌てるどころか、唐突に笑い声を上げた。

「あのお義父様が、お褒めになったというだけのことはあるわねぇ。母親恋しさに飛び込んでくる迂闊さはあるけれど、大騒ぎするでもなく、切り返してくるんですもの」

これは褒められているのだろうか？

だが、優子の言葉からわかったことがひとつ。レストランの個室での顚末は、すべて彼女の耳に入ってしまったらしい。

（大旦那様が話した？　まさかね。でも、個室にいたのはみんな、いわゆる会長派なはず。じゃあ、誰かが奥様に情報を流したってこと？）

あの場にいたのは——会長の長女で人畜無害そうな奈津江。奈津江の夫〝会長の腰ぎんちゃく〟こと三谷。会長の推薦で新社長夫人の座を狙う麗華。そして篠原グループのメインバンク頭取という麗華の父、円城寺。あとは麗華の母くらいで、あのやり取りをしたときは、店のスタッフもいなかった。

優子に転んでも得をするのは誰だろう？

凛がさらに考えようとしたとき、

「由暉さんは、あなたの身体に夢中なようね。でも、あなたが父親の愛人だったと知ったら、どうなるでしょうねぇ」

「さあ……」

どうもならないと思う。

なぜなら、由暉は凛が未経験だったことを知っている、たったひとりの男性だ。

（でも、そんなこと……奥様に言えるわけないじゃない！）

凛は咳払いをひとつすると、

「この際なので、奥様の誤解を解いておきたいのですが……。わたしと旦那様の間に、そういった関係は一切ありません」

「すべて、あたくしの誤解だとおっしゃるの？」

「はい。学費を支援してくださったのは……旦那様の、純粋な善意です」

すると、優子は口元を押さえたままうつむき、肩を震わせ始めた。

凛にすればわけがわからず、

「あの……」

声をかけた瞬間、優子は弾かれたように笑い始めた。

「お芝居がお上手ね。でもいいのよ。あたくし、夫から聞きましたから。入学金から四年間の学費、そして生活費まで……一千万円以上も支援したのは、高校生を妊娠させて、中絶させたからだ、と」

「……!?」

ものすごいでっち上げに、優子の意図が読めない。

凛がポカンと口を開けたままでいると、

「ああ、そうそう。あなた、そのころから由暉さんにも手を出していたんですって？　夫はそれに気づいて、由暉さんにあなたのことを話すとき、学費を出した理由にしたそうよ」

その言葉を聞いた瞬間、六年前の真相に近づいた気がした――やはり、博暉が凛に嘘をついたのだ、と。

由暉は凛にキスしたことを、後悔してなどいなかった。

安堵する反面、博暉が亡くなった今となっては、騙されたことを証明する手立てがない。

由暉に話した内容についても同じだ。学費を受け取り、篠原家を去った凛のことを、どう話したのか……博暉の真意を確かめられなくなった今、真相は誰にもわからない。

あとはもう、誰を信じるか、誰を信じないか、だろう。

(由暉様を信じたい！　由暉様にも、わたしのことを信じてほしい！)

その思いが溢れ出して、

「待ってください！　わたしは、由暉様が後悔しているからと言われて……」

凛はハッとした。たった今、自分は優子の『あなた、そのころから由暉さんにも手を出していたんですって？』という言葉を肯定してしまった。

「でも、旦那様とのことは全部でたらめです！」

「ええ、ええ、そうかもしれないわ。あなたのその言葉、信じてもいいわよ」

とたんに猫撫で声に変わり、凛はビクッとする。

優子がいかに優しげな声を出しても、今さら騙されるわけがないだろう。

「それは、どういう意味でしょうか？」

「あなたがね、あたくしのお願いを聞いてくれたら、みんなが幸せになれるの。由暉さんは社長として認められて、篠原家にとっても素晴らしいことで、あなたの会社も安泰よ」

ここまで言われたら、凛でなくても……たとえ彩乃でも怪しむはずだ。

(一応、最後まで聞いておくほうがいいわよね？)

「その、お願いの内容によりますが」

「そうね。じゃあ、今から弁護士先生のところに行きましょうか。そこで、説明させていただくわ」

「弁護士って……それなら」

由暉と一緒でないと応じられない、そう答えようとした。

「ああ、嫌ならいいのよ。亡くなった夫の言葉を信用して、由暉さんに話すだけだから。男はね、平然としているように見えて、意外と女々しいものよ。しつこくて、いつまでも過去を引きずるの」

執拗に相手を攻撃しようとする、優子はまるで蛇のようだ。人の嫌がることや傷つくことを的確に読み取り、そこを攻めてくる。

弱みを見せれば負けだ。由暉ならきっと、母親の言葉より凜を信じてくれる。

凜は覚悟を決めて口を開いた。

「わかりました。では、お断りします」

「なんですって⁉」

優子の声が裏返った。

そんな優子には答えず、

「宮永さん、車を停めてくださる？　わたしはここで失礼させて――」

「停めなくていいわ！　宮永、このまま、白金台（しろかねだい）のマンションまで走りなさい」

「降ろしてくださらないなら、監禁、誘拐ですよ！」

昨年夏、病院でスーツ姿の男性たちに囲まれ、病院の外に追い払われたときのことを思い出す。

あのときも優子に酷い言葉をぶつけられた。

「車を停めて！　停めないなら、警察を呼ぶわ！　宮永さん、それでいいのね？」

強気な優子と違って、宮永は凛の言葉が気になるらしい。彼は先ほどから、不安そうな視線を後部座席に向けてくる。

だが、優子のほうはおかまいなしだった。

「警察？　おかしなことを言わないでちょうだい。あなたは、あたくしの息子の婚約者なんでしょう？　義母として、これからのことを話し合おうと言ってるだけじゃないの」

彼女の『お願い』の内容が、とても、そんなこととは思えない。

次の赤信号で、ロックを開けて外に飛び出そう――凛がそう思ったとき、一車線だった道路が二車線になった。

これでは、飛び出すのは無理だ。逃げ出した瞬間、隣の車線の車に撥ねられでもしたら目も当てられない。

それくらいなら、優子のマンションに着いてから逃げ出したほうがいい。

白金台なら、頑張れば由暉のタワーマンションまで走って行けるはず――。

そのときだった。凛の乗ったセダンのすぐ後ろで、暴走族さながらのクラクションが鳴り響いた。

（こっ、この車が、煽られてる？）

どう考えても煽られるような車種ではない。色も一番多く走っている白、それに地味なタイプの国産車だ。いったいどんな車が、と思い、凛が外に目を向けたとき、見覚えのあるドイツ車が隣の車線を走り抜けた。

「……え？」

一気に追い越し——刹那、ドイツ車のタイヤから激しいブレーキ音が聞こえた。そのままハンドルを切って、セダンの前に横向きで急停止する。

「うわぁっ！」

宮永はその年齢らしからぬ慌てた声を上げ、急ブレーキを踏んだ。

「きゃあーっ!!」

優子の悲鳴が聞こえた。

一方、凛はドイツ車が見えたとき、前の座席の背もたれを摑み、頭を庇うような前傾姿勢を取った。

運転手が想像どおりなら、この車に乗っている人間の正体もわかっているはずだ。彼は優子に対して、鬱屈した思いを抱えている。あのクラクションが彼の怒声を表現しているなら、何をしでかすかわからない、と。

だが、二台の車は衝突することなく、三十センチ手前でセダンは急停止したのだった。

「な、な、なんなの⁉ 何が、何が起こったたって言うのよ⁉」

優子はヒステリーを発症して、大声で怒鳴り始めた。

そのとき、ドイツ車の運転席のドアが蹴破るような勢いで開けられ、そこから由暉が降りてきたのだった。

いつもどおりのスーツ姿だ。だがその顔は、正面から見るのが憚られるほど、鬼のような形相をしている。

彼はツカツカと道路を大股で歩き、セダンの横に立つなり助手席の窓を拳で叩いた。

「開けろ‼ 開けないなら、ぶち壊すぞ‼」

あまりの剣幕に、宮永は慌ててドアロックを解除する。

同時に後部座席の、凛の座った側のドアが開いた。

「凛、無事か⁉」

「はっ、はい」

差し伸べられた手に飛びつくようにして、凛は車の外に出た。

「ゆ、由暉さん、あ、あなた、こんな、真似をして……た、ただで、済むと……」

車の中から、さらにヒステリックな優子の声が聞こえたが、由暉の怒りはそれどころではなかった。

「そのままお返しします。何を考えているのか知らないが、凛を攫っても、あなたが欲しいものは手に入らない！」

国道の真ん中で、由暉は吐き捨てるように怒鳴った。

☆　☆　☆

チャプン、とお湯が撥ねた。

ロマンティックな間接照明の中、ジャグジーの泡がほどよく身体を刺激する。心地よさに弛緩していく身体を、凛は真後ろにいる由暉に委ねた。

「あの人だけは……なんでこんなに厄介なんだ」

大げさなくらい、感情の籠もった声が聞こえてくる。

仕事で遅くなるはずの由暉が、自らハンドルを握り、国道でスタントばりのカーアクションを繰り広げたことには理由があった。

わざわざボディガードを雇ったり、由暉の部下を回してもらったりすることは、凛が嫌がった。そこまですることはない、と思っていたせいだ。だが、由暉は万一のことを想定し、周囲の人間に細心の注意を払うよう頼んでいたのだった。

もちろん、フリーバードにも彩乃を通してお願いしていた。

『篠原社長!!　凛ちゃんが、凛ちゃんが……たった今、事務所の近くで、白い車に乗せられたみたいです。うちのバイトが見てました！』

そう言って電話をかけてきたのは彩乃だったという。

『凛の電話は？』

『今、バイトの子にかけてもらってて……でも、仕事中にかかってきたら失礼だからって、凛ちゃん、音もバイブも切ってることが多くて……ああ、やっぱりダメみたい』

由暉は、仕事の移動も社用のリムジンではなく自分の車を使っている。ただ、自分でハンドルを握ることはしない。彩乃からの電話を受けたとき、ちょうど車で移動中だった。

由暉はGPSで凛の居場所を見つけるなり、運転を代わったという。

「迎えに来てくださって、ホッとしました。でも、あの運転はヤバいですよ。道交法違反です」

それ以前に、まだまだ仕事の予定があったのではないだろうか？

あの状況なら、凛ひとりでも、優子から逃げ出せたと思う。弁護士をはじめとした権威を持った人に囲まれたら、言い負かされるかもしれないが、力尽くなら負ける気はしない。

凛がそう伝えると、由暉はなぜか天を仰いだ。

「だったらいいんだが……あの人、ずいぶん昔に父の秘書を壊してるからな」

「こ、壊す？」

それは人間相手に使うべき単語ではないだろう。

「俺が中学のころかな？　珍しいことに、父に若い女の秘書がついたんだ。家にも出入りするようになって、俺にも親しげに声をかけてきた」

懐かしそうな由暉の声色に、ほんの少し嫉妬を覚える。

だがすぐに、その気配は消えた。

女性秘書は、社長の第二秘書に抜擢されたことが嬉しかったらしく、熱心に働いていたという。社長令息の由暉に媚びを売るといえば誤解を招くが、ご機嫌を取ろうとしたのはたしかだろう。

若くて、美人で、愛想もよくて仕事熱心。

博暉をはじめとして重役たちも、彼女を可愛がった。

今になって思えば、それが一番不味かったのだろう。彼女はすぐに〝社長のお気に入り〟と揶揄されるようになり、そこから〝社長の愛人〟に噂がステップアップするまで、たいした時間はかからなかった。

ちなみに、本来ならこの手の話は中学生の由暉には知りようがないことだ。

しかし、あの家は人の出入りが多い。そして、低俗な噂ほど人を介して伝わりやすい。

そういった噂を好む人々は由暉にまで、両親の仲はどうか、例の秘書に由暉自身が誘惑されたことはないか、と探りを入れてきたという。

どう考えても、思春期の少年に尋ねることではないだろう。

凜は怒りを感じるが……。

「噂の真偽は、子供だった俺にはわからない。だが彼女は、たった半年でいなくなった」

「会社を辞めたんですか？」

やりがいを持って働いている仕事を辞めるのは、相当悩んだはずだ。

だが、それどころの話ではなかった。

「いや……傷害事件を起こして逮捕された。不起訴になったんだが……今も心神喪失で療養中だ」

凜は声が出なかった。

その女性秘書には婚約者がいた。ところが、婚約者やその家族宛てに、彼女と社長の博暉が不倫関係にあるという証拠が送りつけられたのだ。疑いの目で見れば、そう見えてしまう大量の写真だ。さらには、ふたりの関係を知るという人間の証言まであった。

婚約者は混乱し、家族の勧めもあって、婚約は白紙に戻されてしまう。

そして、女性秘書が婚約者を刺したのは、博暉の命令で秘書室から外された直後のことだった。

「母が追い詰め、父がとどめを刺したんだ。まあ、母の執着が怖くなって、自分の傍から離すことにしたんだろうが、タイミングが悪かった」

婚約破棄され、仕事も左遷され、妊娠の判明と同時に流産したのだ。

婚約者はそれを聞き、『よかった』と呟き——彼女に刺された。

凛はジャグジーのお湯が水に変わったような、そんな寒々とした気持ちになる。

「そのことを、まさか中学生のときに?」

そんな年齢で聞かされたら、ショックを受けて人生観が変わってしまうだろう。

だが、由暉は首を横に振った。

「病院に呼び出されて異母兄の話を聞かされたとき、ついでのように、事件の真相も聞かされた。彼女が起訴されないよう、代理人を通じて弁護士を手配させたのも父だった——」

博暉がわざわざその話をした理由は、十年以上経った今も、彼女の療養にかかる費用を全額負担しているためだった。

自分の死後もその負担を継続してほしい、と。

『こんな頼みをしたら、おまえは私を疑うんだろうな。だが、彼女の名誉のために否定しておく。信じる信じないは、おまえの自由だ』

そんな言葉を父親に残されたら、由暉も引き受けざるを得なかったはずだ。

「でも……奥様はどうして、そこまでされるんでしょうか？」

とてもではないが、ただの嫉妬とは思えない。由暉に対する仕打ちといい、人の心が壊れるまで執着するなど異常だ。

凛はその考えを胸の内にとどめる。

「さあ、わからないな。――と言いたいところだが、わかるような気もする」

「え？」

「不幸なんだよ、あの人は。だから、少しでも幸せそうな人間を見ると、引きずり下ろして、踏みつけてやりたくなるんだろう」

その声はやけに沈んでいる。

振り返ると、由暉は虚ろなまなざしで言葉を続けた。

「前に聞いたよな？　もし、異母兄が篠原家にやって来たらどうするか、って」

「はい」

由暉は『俺が篠原からもらったものは、全部進呈する』そんなふうに言っていた。

「冗談……ですよね？」

凛がわざと軽い口調で返事をすると、ふいに背後から抱きしめられた。

「ただじゃやらない。父がふたりを庇うなら、なんとしても捜し出してやろうと思った。それでもし、そいつが俺より幸せだったら……どん底まで引きずり下ろしてやる。篠原の金と名前を使って、全力で叩き潰す」

　そう言ったあと、由暉の腕に力が入った。

「でも――俺に捜しあてることはできなかった。父にとって奴は、本気で守りたい、大切な息子なんだよ」

　由暉の声が震えている。

　凛には振り返ることができない。

　沈黙の中、聞こえてくるのはジャグジーのかすかなモーター音、泡のはじける音……凛は息を止めて集中し、由暉の気配を探る。

　時間だけが過ぎ、緊張の糸が切れそうになったとき、彼の穏やかな声が耳に届いた。

「でも、心配はしなくていい。あの人にはもう、今日以上のことはできないはずだし、連休明けにはそろそろ片をつける。凛……母親のこと、期待させて悪かった」

　母の所在は十年以上わからないままだ。そんな簡単に会いに来てくれた、と思うほうがどうかしている。

「いいえ、あんな手に引っかかるわたしが馬鹿なんです。でも、なんだったんでしょうねぇ。奥様がおっしゃった〝みんなが幸せになれるお願い〟って」

　きっと、優子が最も幸せになれるお願いなのだろう。

　だが、病院に行ったときは、あんなに大勢の社員を従えていた。それなのに、今回は運転手の宮永ひとりだった。

　そのとき、由暉の言葉が頭の隅に引っかかった。

「あの……さっきおっしゃった、今日以上のことはできない、って？」

「母は父の遺産の約半分を相続した。篠原家の資産総額と比べたら微々たるものだ。そして会長より先に父が亡くなったことで、母の手に会長の財産は一円も渡らなくなった。これまで顎で使っていた篠原の社員もいなくなって、あの人は焦ってるんだよ」

　言われて初めて気がついた。

　どうりで、会長が凛の存在を優子に隠そうとするはずだ。

　近い将来、由暉に会社の実権が移り、妻となった凛の背後に優子がいれば、優子はふたたび社員を顎で使う生活に戻れてしまう。

　優子にすれば……ひとり息子である由暉の妻を手の内に入れられるかどうかで、未来が変わってくる。

　そう考えたとき、何かが頭を掠めたが――。

　ふいに胸を鷲摑みにされ、凛の身体がジャグジーの中で跳ねた。

「きゃんっ！　や、やだ、もう、びっくりさせないで……やっ、だから、ちょっと……はう、あぁん」

　彼は凛の抵抗も無視して、お湯の中で身体を撫で回してくる。脚の付け根をまさぐられ、心地よさに下肢が軽く戦慄き……直後、サッと引いた。

「ボーッとしてるからだ。ほら、外を見てみろよ」

凜の反応に気づいていないはずがないのに、彼は平然としている。

期待に脚を開きそうになった自分が恥ずかしくて、彼から顔を背けるようにして窓の外に目を向けた。

するとそこには、地上一三〇メートル近い高さから眺める夜景が広がっていた。

ここで暮らし始めて、毎夜、目にする光景だ。

ジャグジーの中で、由暉と一緒に過ごしながら東京の夜景を見てみたい。それは密かな野望だったので、叶ったのは嬉しいが……。

(あんなふうに触ってくるから、エッチな気分にさせられちゃったじゃない。もう、由暉様の馬鹿っ！)

恨めしい気持ちで由暉の横顔をそっとみつめる。

彼はサイドテーブルに置かれたステンレス製のシャンパンクーラーから一本取り出し、フルートグラスにロゼカラーの液体を注ぎ込んだ。春限定の品らしく、ボトルのパッケージもピンク色で可愛らしい。数日前に由暉が持ち帰り、ジャグジーに入る直前、凜がサイドテーブルに用意したものだった。

そのシャンパンを、由暉は乾杯するでもなく、ひとりで飲み始めてしまう。

「よく冷えてる。甘い香りで誘いながら、口に含んだらけっこうクールで、後味もきれるんだ。おまえみたいだろう？」

「さあ、わたしは、そんな高級な女じゃありませんので」

つんと横を向いたまま答えると、由暉は声を立てて笑った。

「なんだ、途中でやめたから怒ってるのか？」

「そ、そんな、こと」

「それに、これはおまえが思うほど、高級なシャンパンじゃない。飲ませてやるよ」

今度のパーティが終われば、由暉の立場はどう転ぶかわからない。いつまでも彼の傍にいて支えたいが、それが足を引っ張る事態になるかもしれなかった。

由暉も言っていた――『連休明けにはそろそろ片をつける』と。

麗華との結婚話がさらに進むようなら、凛と入籍して最後まで抵抗するか、それとも会長の軍門に下るか、いよいよ決断するという意味に思えてならない。

彼が後者を選んだとき、三ヵ月の契約は満了を待たず、打ち切りとなるだろう。

こうして、本物の婚約者のように寄り添える時間は、残り少ない。

凛は由暉の瞳をジッとみつめた。

「生ビールのほうが好きなんですけど、あなたのご希望なら……なんでも飲みます」

フルートグラスを受け取ろうと手を伸ばし……。

次の瞬間、手首を摑まれ、抱き寄せられたのだった。

「きゃっ!?」

彼は唇を強く押しつけてきた。

強引に開かされた唇の隙間から、甘い液体が入り込んでくる。

息苦しさを感じながら、ゴクンと飲んだ。

シャンパンは少し温くなっていて、炭酸のはじける感じも少なくて……決して美味しいとは思えないのに、凛は自ら求め始める。

「そんなエロい顔して、飲むものじゃない」

「させてるのは、あなた……のほう」

凛は少し唇を尖らせ、ちょっとだけ反撃したい気分になった。

もうひとつのフルートグラスを摑み、ロゼカラーの液体を口に含んだ。そして、ジャグジーの中で膝立ちになり、両手で彼の顔を挟み込み……。

そのまま唇を押しつけたのだった。

「ん……んっ……んっ」

彼の口腔内にシャンパンを流し込んでいく。

互いの舌先が触れ、残ったシャンパンを奪い合うように舐め尽くした。それは、凛の数少ない経験の中で、最上級にエロティックなキスだった。

キスだけで、躰が濡れていくのがわかる。

少し開いた脚を閉じようとして、凛が太ももを擦り合わせたとき、すかさず、由暉が手を差し込んできた。

「やっ、あぁ……あっん」

彼は蜜口を見つけるなり挿入する。

凛の躰はスルリと彼の指を受け入れた。長い指で内側をグルグルとかき混ぜられ——その刺激だけで快感が溢れ出し、押し上げられた直後、全身の力が抜けていった。

凛は彼の肩に手を置き、なんとか自分の身体を支えようとする。

「そんなに気持ちよかったか？　あっという間に達するようになったな。凛は優秀だから、セックスの覚えも早い」

「ちが……今の、は」

「違わないだろう？　こんなにヌルヌルにして……これならすぐに、俺のコイツも入りそうだ」

由暉は低い声でささやきながら、熱く硬い肉棒で凛の内股をこすり上げた。

灼熱の杭を、グリグリと押しつけられている感じがする。その行為を、嬉しいと思ってしまう自分が恥ずかしい。

（わたしったら、いつの間にこんなふうになったの？）

彼の肌に触れているだけで、凛の胸は高校生のようにときめく。その反面、大人の女にされてしまった身体は、どうしようもなく火照ってくるのだ。このまま押し込まれたら、どれほどの快感を知ることになるだろう、なんてことまで想像してしまう。

今このときが、あまりにも幸せ過ぎて怖い。

この手を放したくない、彼の傍にいつまでもいさせてほしい、そしていつかは、由暉に心から愛されたい。

これまでたいした執着もなしに生きてきた。

そんな過去の自分が信じられないくらい、わがままな願望ばかり込み上げてきて……。

近いうちに『愛してる』の言葉を、口走ってしまいそうだ。

由暉なら、受け入れてくれるかもしれない。

だが篠原の家が、凛のような人間を受け入れることは絶対にない。

凛が彼の傍にいられるとしたら、今の専属家政婦を続けながら、秘密の関係でいることくらいか。

由暉もそのことをわかっている。

だからこそ、『おまえを妊娠させたくないから、気をつけないと』と言ったのだ。

どれほど麗華を妻にしたくなくても、本当に凛と入籍するつもりはない。本気なら、博暉の四十九日の法要が終わったタイミングで、入籍を済ませたはずだ。

拙いキスを交わしてから六年、今になって、凛を求めた彼の真意は――。

「凛、このままだと、止まらなくなる。……ベッドに行こう」

由暉の声は酷く上ずっている。

ふたりで過ごすことで、未熟なころに戻ってしまうのは凛だけではなさそうだ。

そう思ったら、どうしても言葉にしてみたくなった。

「ベッドまで……待てないって、言ったら？」

一瞬で彼の顔色が変わる。

「おまえ、わかってて言ってるのか？」

ここでうなずいたら、未来は変わるだろうか？

複雑な思いを胸に、凛は由暉の首に手を回した。

「シャンパンクーラーの下……ベッドまで、待ちたくないから」

小さな、本当に小さな声で伝える。

由暉の息を呑む気配がして、直後、彼は手を伸ばしてシャンパンクーラーの下から四角いパッケージを引き抜いた。

「用意がいいな。でも、ジャグジーの中じゃ着けられない。凛、立ち上がって、窓のほうを向いて手をつくんだ」

凛が言われたとおりにすると、背後でパッケージを破る音が聞こえた。

左右から腰を掴まれ、グイと引っ張られ……それはまるで、凜のほうから彼に向かって、お尻を突き出す格好だった。

自分はなんて、破廉恥なことをしているのだろう。

後悔に似た感情が沸き上がってきて、凜が腰を引きそうになったとき——由暉の逞しい雄身が彼女を貫いた。

ラージサイズが蜜窟の奥まで届き、底を穿つようにノックする。

優しく小突いたあとは、荒々しい動きで突き上げられ、目覚めたばかりの官能は由暉の抽送に激しく翻弄されていた。

「あっ、あっ、あっ……もう、ダメ、も、う……あぅ、はぁ、はっ、あぁーっ」

彼は背後から覆いかぶさるように抱きついてくる。

温もりが溶け合い、混ざり合って、本当にひとつになってしまったかのようだ。

「凜……まだ、どこか、痛むか?」

リズミカルに腰を打ちつけながら、彼が尋ねてきた。

上手く声が出なくて、凜は首を横に振ることしかできない。

だが本当に、痛みどころか違和感のひとつもなかった。三週間程度の関係だというのに、もう何年も前から同じ行為を繰り返してきた感じさえする。

「だったら、いいんだ。また間違って、悔しい思いをしたくないから」

由暉の言葉に不思議な感じがして――。

凛が考えを巡らそうとしたとき、張り詰めた亀頭に最奥を突かれて、深い部分にジワジワと痺れが広がった。

「はぁうっ！」

とても、何かを考えるどころではなくなった。

快感は津波のように押し寄せ、凛の中からあらゆるものを攫っていく。理性も常識も波に流されてしまい、残ったのは情熱と本能に従う女……いや、メスだった。

「わたしは……平気、ですから……だから、由暉さ……んも気持ちよく、な……って。本当に……わたしはあなたに抱かれてるだけで……幸せ」

「おまえが、幸せでよかった。でも……これ以上、気持ちよくなれ、と言われても……俺も、もう限界だ。気が狂いそうなほどピッタリで、気持ちよくて……おかしくなりそうだっていうのに」

喘ぐようにささやかれ、凛の躰はコントロールできないくらい熱く疼いた。

同時に、由暉の昂りが胎内でさらに大きく膨らむ。

「り……ん、これ以上……締め、るな」

彼にすれば、凛のほうが強く締め上げたように感じるらしい。

そこから、ほんの数回突き上げたあと――彼は動きを止め、薄いゴムの中に吐精したのだった。

☆　☆　☆

ゴールデンウィークの最終日。

由暉の社長就任披露パーティは、ＴＫリミテッドタウン内にあるラグジュアリーホテルのグランドルームで行われる。

招待客は約四百人。そのホテルで一番大きな宴会場だ。

イベントの多いこの時期、とてもではないが半月前に押さえられる会場ではない。当然のことながら、準備も間に合わないだろう。

それもそのはず、この四月に由暉が社長に就任することは、彼が帰国したときに決まっていたことだった。

博暉の病状は当初から回復を危ぶまれていた。そのため、帰国後一年で由暉に後継者としての素養がないと判断されたら、外部から社長を招くことになっていたという。

篠原グループは博暉が病気療養に専念して以降、すでに一年以上社長不在が続いている。

次期社長に挙手する者は、三谷をはじめとして大勢いた。しかし、その数が多過ぎて、誰がトップに立ってもグループ分裂の危機に陥りそうだ。

それを回避するためには、取締役会や大口株主に文句を言わせない、カリスマ性のあるトップが必要だった。

由暉が無事就任したということは、彼がそのトップとして認められたということだろう。凛も心から喜んでいた。

(でも、四百って……どんな規模なの？　そんなパーティに由暉様のパートナーとして出席なんて、何をすればいいんだか)

三十人程度を招いたホームパーティの準備なら、雇用主夫人を手伝ったことがある。それでも、本来ならイベントプランナーを雇うべき規模のパーティだ。しかし、予算の問題で却下されたため、凛が様々な手配に奔走したのだった。

縁の下で働く分なら、三十人が四百人になってもなんとかする自信はある。

だが、ドレスアップして主役の隣に立つとなると……。

『一緒にホテルに行けたらいいんだが……いろいろと面倒な段取りがあって、俺は会社から直接向かう。ドレスは部屋に届くようになってる。ヘアメイクも手配済みだ。十六時までに入るようにしてくれ』

由暉はそう言うと、凛にホテルのルームキーを渡してくれた。

世間は長期休暇で浮かれているが、彼は毎日出勤している。それも、日を追うごとに表情が硬くなっているようだ。

凛も不安だが、そんな彼を質問攻めにするわけにもいかない。

だが由暉も、凛の心細さはちゃんとわかってくれていた。

『悪いな。もっと話したいんだが、今日のパーティが正念場になる。でも、パーティのときはずっとおまえの傍にいるから……ドレス姿、楽しみにしてる』

そう言うと、彼は情熱的なキスをしてきて……。

「加賀美様！　加賀美凛様でございますね？」

ハッとして声のしたほうを見る。

凛を呼び止めたのは、ホテルの制服を着た女性だった。

ここは四十五階――レセプション階だ。ホテルのグランドルームは二階にあり、パーティに出席するだけならここまで上がってくる必要はない。

だが、由暉が用意してくれた部屋は五十一階。

凛はルームキーを預かっているので、チェックインには立ち寄らず、エレベーターホールに向かったのだった。

「わたしに何か？」

「篠原由暉様から、お部屋の変更を承っております。ご案内いたしますので、どうぞこち

ら へ」

女性は人懐こい顔で微笑む。

凛はジャケットのポケットからスマートフォンを取り出し、着信をチェックするが……

由暉から連絡が入った様子はなかった。

(何かあったの?)

土壇場の変更に凛は心配になり、

「そう、じゃあ、少し待っててくださる? 電話で確認してみるわね」

「会長が――篠原会長が、関わっているそうなんです」

彼女はふいに声を潜め、周囲の気配を窺うようにキョロキョロし始めた。

凛は何ごとかと思ったが、

「あなたに危険が迫っている、とか……申し訳ありません。お知らせしないように言われたのですが……そういうことですので、お急ぎいただけますか?」

そんなふうに言われたら、ほんの数日前、優子に車で拉致されかけたことを思い出した。

それが会長となれば、危険度はさらに増すだろう。

どうするべきか迷い、凛はルームキーをギュッと握りしめた。

しかし女性は凛の返事を待たず……よほど焦っているのか、エレベーターの上昇ボタンを叩くように何度も押し始める。

するとと、四基ある中から一番近いエレベーターの停止音が聞こえた。

「別のお部屋にご案内するだけです。篠原社長へのお電話は、お部屋に着いてからいくらでもかけていただけますので……どうか、お願いします」

凛を呼び止めたのが私服の女性だったとしたら、一切応じなかっただろう。

だが、これほど立派なホテルの従業員なら……。

「わかりました」

凛はエレベーターに向かって歩き出した。

☆　☆　☆

「部屋にいないとは、どういうことだ!?」

ギリギリまで会社にいたため、由暉がホテルに到着したのは十六時ちょうどだった。

移動中にブラックタイ——パーティ用のタキシードに着替えは済ませてある。

そして、ホテル支配人の挨拶を受けていたとき、ドレスを注文していたショップの店長とビューティサロンの美容師が、青い顔をしてやって来たのだ。

どちらも、十六時前に五十一階の部屋を訪ね、廊下で待っていたという。

約束の十六時を五分過ぎたところで由暉の到着を聞き、慌てて報告に来たのだった。

「時間には正確な方だと聞きました。何か異変があったらすぐに知らせてほしい、とのことでしたので」

その間もジッとしていられず、彼は五十一階に向かう。

店長の言葉を聞き、由暉は部下に命じ、ハイヤーの運転手に連絡を取らせた。

運転手の確認を取るのに三分とかからなかった。

凛は間違いなく、十五時にはマンションを出ている。道路が混んでいたため、歩いたほうが速いくらいだったが、それでも、ホテルの専用入口に到着したのは十五時半にもなっていなかったという。

そのまま五十一階に直行したなら、店長たちより早く部屋に着いたはずだ。

それが、どこにもいないということは……。

部屋に飛び込み、リビングルームからバスルーム、ウォークインクローゼット、そしてベッドルームまで隈なく見て回った。

どれほど確認しても、凛がこの部屋に入った形跡は一切なく――。

誰もいない空間に、由暉は呆然として立ち尽くした。

（凛、どこにいる？）

彼女に喜んでもらうため、そして、パーティが無事に終わったあと、ふたりで甘い時間を過ごすためにキープした部屋だった。

ここに凛がいなければ、由暉が必死で頑張ってきた意味はない。

「捜せ！　彼女がどこに連れて行かれたのか、すぐに捜し出せ!!」

そのとき、リビングのほうから数名の足音が聞こえた。

入ってきたのは、会長の正暉と取り巻きが数人。その中には、叔母の夫で副社長の三谷もいた。

会長は紋付羽織袴という正装だった。杖はついているものの、弱った様子は全然ない。それどころか、彼自身がパーティの主役に見えるくらいだ。

「現在、取り込み中です。お話なら、パーティの最中かあとにお聞きしますので……失礼します」

会長の嫌みに付き合っている時間はない。言いたいことだけ言って、由暉は部屋から出て行こうとした。

「かまわんぞ。あの家政婦と結婚したいなら、おまえの勝手にしろ」

意外な言葉に、由暉の足が止まる。

「なんといっても、博暉の倅は……わしの孫息子は、おまえだけではないからな」

「!?」

由暉は振り返り、会長の顔を見た。

「何不自由なく育ててもらい、二十代で社長の地位まで与えてもらいながら……おまえには失望した。由暉、おまえに篠原グループを束ねる力はない！」

会長は勝ち誇ったように叫ぶと、呵々とばかりに笑った。

その顔に浮かんでいるのは、醜悪さ以外の何ものでもない。少し前の由暉なら、この場でブラックタイを外し、床に叩きつけていたことだろう。

だが、今の彼は、口を閉じてジッと耐える。

そんな由暉に追い打ちをかけるように、

「優子はろくな女ではなかったが、篠原を大きくするため、役に立ってくれた。博暉は正しい結婚を選んだんだ。わしより早く亡くなったことは許し難いが、立派な長男を残してくれたのだから、勘弁してやるとしよう」

「立派な……長男？」

それがもはや、由暉のことでないのは明白だった。

いったい、どこまで知っているのだろう？

博暉の別れた恋人とその息子の素性まで、正確に探り当てたのか、確認したいが迂闊なことは言えない。

「そうだ。いいか、由暉。篠原の人間としてふさわしい選択ができないというなら、おまえはいらん。だが、チャンスをやろう。今日、円城寺の娘と婚約発表をするなら、おまえの社長就任も祝ってやる」

最後のセリフに、由暉は安堵する。

もし、本当にふたりを見つけ出し、異母兄が会長の傀儡になるような男だと思ったなら、由暉にチャンスなど与えないはずだ。

浅く呼吸して、由暉は慎重に言葉を選ぶ。

「そのために、邪魔な存在を排除したのは……あなたですか？」

意味は伝わったらしく、会長はニヤリとした。

「さて、どうかな。おまえの想像どおりかもしれん」

「――そうですか。では、先ほどの返事はパーティのときにお伝えします」

怒りと苛立ちを押し殺し、一礼すると、由暉は会長の前から立ち去った。

会長にとって由暉は、将棋の駒にすぎない。自らは引退し、代わりの王将として操っていた息子は急逝、残されたのは由暉のみ――だから、使わざるを得なかっただけだ。

新しい手駒が見つかったときは、思いどおりに動かない駒など、未練も見せずに切り捨てるだろう。

麗華はそれまで由暉を繋いでおくためのロープのようなもの。円城寺が会長である自分に逆らわないと計算して、どっちに転んでも利用するだけ利用する気だ。

だが、ひとつだけわかったことがある。

遠回しに、凜を攫ったのか、という質問をしたとき、思わせぶりな言葉で由暉の不安を煽ろうとした。

それは、凜の消えた一件に、会長は関わっていないということだ。

(決着はつける。だが今は、凜を見つけるのが先だ!)

由暉は廊下に出ると早足で歩き始め……しだいに、全速力で駆け出した——。

第六章　蜜愛

凛がもう少し、このホテルのことに詳しければ、四十七階で降りたとき、不審に思ったかもしれない。

由暉から渡されたルームキーは特別階にあるスイートルーム。

だが四十七階にあるのは、デラックスルームと呼ばれる部屋ばかりだ。名前はゴージャスだが、このホテルでは廉価な部屋だった。

女性は、やけに周囲を気にしながらドアの鍵を開けようとする。

しだいに、過度の警戒心が挙動不審に思えてきて……。

「どうぞ、こちらでございます」

そう言われて中に入ろうとしたとき、凛は女性の胸に名札がないことに気がついた。

(これって……白いセダンのときと同じ!?)

差し迫った危険を感じ、凛が女性から離れようとしたとき、誰もいないはずの部屋の中から、手が伸びてきた。

太くて節くれだった指、男の手に間違いなさそうだが、凛の知っている由暉のしなやかな指先とはまるで違う。

しかもその手は、凛を強引に部屋の中に引きずり込んだ。

「きゃっ⁉」

バランスを崩して前のめりに倒れ込む。

背後でドアの閉まる音が聞こえ……振り向こうとしたとき、目の前に誰かが立ち塞がった。Tシャツにジーンズ、よく日焼けした二十歳前後の体格のいい男性だ。

彼は凛の手首を摑んだまま、卑猥な目つきを隠そうともしない。

その、舐めるようなまなざしに、凛の全身に一瞬で鳥肌が立った。

「おい、真也くん。乱暴はするんじゃないぞ。怪我もさせるな。こんなことで、手が後ろに回るなんて、勘弁してくれよ」

部屋の奥から、もうひとりの声が聞こえた。

別の男性がベッド脇に立っている。彼は少しおどおどしていて、凛を連れ込んだのは本意ではない、と言いたげだ。

一見して、凛と同じ年代。眼鏡をかけてひょろっとしたインテリ風だ。ブラックスーツを着ており、ひょっとしたら今日のパーティに招待されているのかもしれない。

凜の手首を摑んでいる真也とは、年齢も肩書も違って見える。

（この男だけなら、適当に雇ったって感じだけど……。あっちのブラックスーツは？）

会長のシンパに繋がる下っ端がブラックスーツで、彼が真也を雇った、ということだろうか？

凜が彼らの様子を窺っていると、

「おいおい、片桐さん。ここにいる時点で、あんたもアウトだよ」

「そんな、僕は、ただ……」

「でも上手くやったら、銀行員としてのあんたの将来は安泰なんだからさ。もうちょっと頑張れよ。そうだろう、姉貴」

真也の言葉に凜はドキッとする。

この部屋で待ち構えていたのは、真也という粗野で若い男性と、片桐と呼ばれたブラックスーツの男性、そのふたりだけではなかった。

バスルームとクローゼットの前を通り抜け、ベッドルームに足を踏み入れたとき、もうひとりの正体を知る。

入り口からは死角になる場所に、ふたりが向かい合って座るタイプのソファセットがあった。

そこに、淡いライラックのパーティドレスを着た女性がひとり――。

円城寺麗華だった。

「やめなさい、真也！　わたくしは、おまえの姉ではないわ。お父様が、愛人に産ませた子っていうだけよ」

彼女は真也に向かって厳しい言葉を吐いた。

凛ならムカッとして言い返すところだが、真也は『またか』といった顔をして、麗華から目を逸らしている。

「おまえは楽して生きたいんでしょう？　わたくしの手足となって働くなら……これからも、充分なお小遣いをあげるわ」

「んなこと、わかってるよ」

「お、お待ちください。僕は……僕は、どうなるのでしょう？　れ、麗華、お嬢様の、ご命令というので、この部屋をお取りしましたが……頭取は、本当にご存じなのですよね？　僕が、罪に問われたりは、しませんよね？」

そのとき、麗華がスッと立ち上がった。

ドレスだけでなく、ヘアメイクまですでに完璧だ。美しく着飾った姿は、ただ父親についてきただけの招待客とは思えない。

その証拠に、彼女の左手薬指には豪華なダイヤモンドの指輪があった。

「安心なさい、片桐。わたくしはこうして、婚約指輪までいただいているのよ。新社長の花嫁になる証——今日は婚約発表のパーティですもの！」

指輪に触れながら、麗華は高らかに宣言する。

片桐の顔に安堵が浮かんだが、

「それと、これとは別問題でしょう？　会長の選んだ花嫁候補が、由暉様ご自身が選んだ婚約者を拉致監禁した、なんて……むしろ大問題になるのでは？」

凛はあえて麗華ではなく、片桐の目を見て言う。

だが、まさか麗華が、ここまでのことをするとは思わなかった。

彼女は短絡的で、父親に言われて由暉を追い回している、くらいに考えていた。すぐに手が出るところも底が浅い証明で、たいしたことはできない、と。

「あなた、円城寺頭取の銀行の方？　だったら、世間一般の常識を持っておられるはずよ。これが犯罪になることくらい、わかるでしょう？」

凛が畳み込むように言うと、とたんに片桐の顔が蒼白になった。

「でも、今なら、まだなんの罪にも問われないわ。わたしが無傷でこの部屋から出て行けば、何も起こらなかったことになる。そのほうが……あぅ！」

ふいに手首を強く握られ……凛の口から、呻き声がこぼれた。

「おまえ、ゴチャゴチャうるせーんだよ」

そういえば、真也に手首を摑まれたままだった。

どうにかして外したいのだが、彼の力が強くて、女の力で振りほどくのは無理そうだ。

「ごきげんよう、家政婦さん。あなたは婚約発表の邪魔なの。ここで、このふたりと仲よくしていてちょうだい」

「由暉様は女性の――あなたなんかの、言いなりにはなりませんよ!! 四百人の前で恥をかくことになります！」

麗華の顔を見て言い返すが、彼女は愉快そうに笑った。

「そうかしら？ あなたの恥ずかしい映像をライブで流す、と伝えたら……彼ならどうすると思う？」

凛は背筋がゾクッとした。

すると麗華はスマートフォンを取り出し、今の凛の姿を写真に撮り始めた。由暉に見せるつもりに違いない。

パシャパシャと音が聞こえ、思わず顔を背けてしまう。

「由暉さんもくだらない男だわ。あなたみたいな女に夢中になるなんて。でも、わたくしは篠原グループの社長夫人になると、みんなに言ってあるの！ 仕方がないの、もう取り消せないのよ。……ねえ、わたくしに協力しない？ それなら、これからも由暉さんの愛人でいるのを許してあげる。でも、嫌だと言うなら……」

スマートフォンを手に笑う彼女を見て、やり場のない怒りを覚えた。

凛の言葉に迷いを見せていた片桐も、そんな麗華の迫力に圧倒されたようだ。真也に命令され、渋々といった顔でビデオカメラの準備を始める。

（これって本格的に不味いわ。なんとかしなきゃ。せめて時間を稼いだら、由暉様がここを捜し出してくれるかも……ああ、でも、この間は彩乃さんたちの連絡があったから）

優子に連れ去られそうになったときは車で移動していた。だからこそ、ＧＰＳで確認して追いかけることができたのだ。

だが今回は――。

ＧＰＳでＴＫリミテッドタウンの中にいることはわかっても、この巨大な建物内のどこにいるのかまでは特定できないだろう。

（もし、麗華さ――この人が今言ったとおりのことをしたら？　ただの脅しじゃなかったら？　由暉様なら、わたしのことを助けようとしてくれるはず）

ここまでされて、麗華に様をつける義理はない。

いや、それどころではなく、由暉は『今日のパーティが正念場になる』と言っていた。大事な計画があるはずなのに、このままいくと、凛がそれを邪魔することになる。自分自身のことより、由暉の人生を変えてしまうことのほうが怖い。

凛は唇を噛みしめ、麗華を睨んだ。

「おい、片桐さんよ。あんた、カメラのセッティングくらい、チャッチャと済ませてくれよなぁ」

「ぼ、僕は、こんなことまで、する気じゃなかったんだ。麗華お嬢様の……お世話係に、なったばかりに……なんで、こんな」

ブツブツ言い続ける片桐のことを、真也は苛々した顔で見下ろしている。

一方、麗華は入り口のほうを気にし始めた。

どうやら、すぐにでもこの部屋から出て行きたい素振りだ。

男ふたりが揉めたら厄介だと思ったのか、あるいは、不都合が生じたとき言い訳できるように、凛が襲われる現場には立ち会いたくなかったのか。

そんな本音を顔に浮かべながら、麗華は声を荒らげた。

「さあ、どうするの⁉　早く返事してちょうだい‼」

「……由暉様は、必ず助けに来てくださいます。わたしは、彼を信じて……」

すると、麗華はいきなり、凛のポケットを探り始めた。

「ちょっと、何を⁉」

「そうそう、うっかりしていたわ。あなたが強気な原因はこれでしょう？　これを切っておいたら、ホテルの外に連れ出されたと思うんじゃなくて？」

彼女は凛からスマートフォンを取り上げ、電源をオフにした。

（え？　それって、由暉さんがＧＰＳをたどって、助けにきてくれたことを知ってるっていう意味？　この人が、どうして？）

凛が驚いているうちに、彼女は凛のスマートフォンをソファの上に放り投げる。

「じゃあ、あとはよろしくね。ああ、そうだわ。この子ってとーっても乱暴だから、あまり楽しめないかもしれないわねぇ。ご愁傷様」

麗華は真也に声をかけたあと、凛のほうを向いて嘲笑った。

そのまま凛に背を向け、入り口に向かってスタスタと歩き始める。

「はいはい……ところで、本当にヤッちゃっていいんだな？」

「当たり前じゃないの。なんのために、おまえを呼んだと思ってるの？」

ふたりのやり取りを聞き、凛はとっさに真也の手を振り払おうとした。必死で暴れて、脛を蹴り飛ばす。

「痛っ！」

ほんの一瞬、真也の力が弱まり……。

凛はその隙をついて、入り口に向かって走り出した。

途中に麗華がいるが、彼女には頬を叩かれたこともある。今も酷い目に遭わされていて、この際、突き飛ばしてもバチは当たらないだろう。

麗華に手が届く寸前――。

「きゃっ、いやあっ！」

髪を摑まれて、強い力で後ろに引っ張られた。

そのまま背後から抱きついて持ち上げられ、凛の足は床から離れる。そして、ろくな抵抗もできないまま、ベッドに向かって突き飛ばされた。

モノのように乱暴に扱われたことで、痛みより恐怖のほうが先に立つ。

ベッドの上で、二度三度と身体が跳ねた。どうにか身体を起こした凛の目に、サイドテーブルに置かれたガラスの花瓶が映り――。

凛はその花瓶に飛びついた。

両手でしっかり摑むと、サイドテーブルの角に叩きつける。花瓶はガシャンという派手な音を立てて割れ、破片がテーブルの上や床に飛び散った。

その音に麗華も驚いて足を止め、引き返してきた。

「何が起こったの!?　ちょっと――あなた、何をやってるの？　まさか、今の音で……誰かが駆けつけてくる、とでも？」

ひと目で凛のやったことだとわかり、麗華は呆れたような声を出す。

「てっきり、俺らにぶつけてくるのかと思ったら……。誰か来ても、間違えて割ったって言えば済むことじゃん。中まで入れねーよ」

真也は言葉こそ強気だが、凛の不審な行動に腰が引けているようだ。

凛は割れたガラスの破片の中から、一番大きな欠片を拾った。それをしっかりと摑み、自らの首に押し当てる。

「麗華さん、あなたは……篠原の奥様に似てるわ。人の幸せを奪った分だけ、自分の幸せにできると思っているところ。そんなあなたに、由暉様は渡しません!」

今度は凛の剣幕に、麗華たちが気圧される番だった。

凛はベッドの上に片膝を立て、もう片方の足は床についた。

「な、何よ、それ……そんなのが、なんの脅しになると……」

「動画を撮って、それで由暉様を脅すというなら、わたしはここで頸動脈を切り裂いてやる。そんなわたしを放置して逃げ出すというなら、好きにすればいいわ!」

そう言ったあと、ビデオカメラを抱えて震えている片桐に視線を向けた。

「片桐さん? この部屋を取ったのは、あなた? じゃあ、ここでわたしの死体が発見されたら、ただじゃ済まないことくらい、あなたにもわかるわよね!?」

凛はあえて『死体』という言葉に力を籠めた。

これは賭けだった。

彼らが、この女は普通じゃない、と思って部屋から出て行ってくれたら凛の勝ちだ。

だがもし、この真也という男が飛びかかってきたら……。凛がどれほど抵抗しても敵う相手ではないだろう。

そのときは、覚悟を決めなくてはならない。

不気味な静寂が空気を凍らせていく。

まるでこの部屋だけ、時間が止まったみたいだ。

凛は瞬きもせず、麗華の目を睨み続けることしかできず――。

直後、ドアがノックされた。


凍った空気が一瞬で砕け散る。

部屋の中の微妙な均衡が崩れてしまう。

今叫んだら、きっと誰かに聞いてもらえる。助かった――その思いに囚われた瞬間、凛には考え直す余裕などなくなった。

とっさに、ドアに向かって大声で叫ぶ。

「助けて!!　加賀美です、誰か助けてくださいっ!!　誰かーっ、たすけ……」

意識がすべてドアのほうを向いてしまい……それは油断だった。

ハッとしたときには、真也が飛びついてきた。彼は凛の手からガラス片を取り上げ、口を押さえてベッドに組み伏せる。

声も出せなくなり、息をするのも苦しい。

その間もドアを叩く音はたしかに聞こえるのに……。誰かが飛び込んでくる気配は全然なかった。

(外まで届かなかったの？　そんな……)

凛が泣きそうになったとき、麗華の声が聞こえた。

「片桐！　花瓶を割っただけと言って、部屋係を追い返しなさい！」

麗華の怒りは静まるどころではなく、よりいっそう増した感がある。

その怒りは凛だけでなく、由暉にも向かうだろう。

彼の傍にいて、力になりたい、役に立ちたいと思っていた。それが、足を引っ張るどころか、大きな迷惑をかけ、さらに傷つけることになってしまう。

「やってくれたわね。でも、残念でした。〝由暉様〟はわたくしがもらってあげるわ。あなたのことはボロボロに傷つけて、地獄に落としてあげる。覚えておきなさ……」

麗華は、ここぞとばかりに凛を罵るが——それは途中で遮られた。

ちょうど、片桐がクローゼットの前を通り抜けたときだった。彼の前でドアノブがクルリと回り、なぜかドアが開いたのだ。

しかし、ドアガードがかかっており、そこで止まるかと思ったとき——。

「凛！　凛！　ここにいるんだろう!?　返事をしろ!!」

由暉の声が、四十七階のフロアと部屋の中に響き渡った。

そして次の瞬間——由暉はドアを蹴破ってドアガードをぶち壊し、部屋の中に飛び込んできたのである。

これまで見たことがない、貴公子のようなタキシード姿の由暉が立っていた。

ただその顔つきは貴公子とはほど遠く……。

凛の身を案じる苦悩の表情が、ベッドの上に押さえつけられた彼女を見るなり、まさに憤怒の形相へと激変した。

由暉は土足でベッドに駆け上がった。

凛の上に覆いかぶさった真也を力尽くで引き剝がし、そのままの勢いで、ベッドのヘッドボードに叩きつけた。

「貴様——殺してやる」

地を這うような声に、凛も驚いて目を見開く。

真也は頭を抱えて蹲っていたが……由暉がベッド脇にセッティングされたビデオカメラをスタンドごと摑んだのを見て、慌てて逃げ出した。

しかも、よほど焦っているのだろう。真也は凛が壊した花瓶のガラス片の上に転げ落ち、血だらけになりながら、仰向けに床を這いずっている。

それはまるで、立とうとして立てない、ひっくり返された亀のようだ。

由暉はそんな真也のあとを追い、ビデオカメラが取り付けられたままのスタンドを振り上げ、真也の頭上に振り下ろした。

「由暉様、ダメッ！　やめてーっ!!」

凛は声を限りに叫んだ。

そんなもので頭を殴れば、本当に命を奪いかねない。

スタンドの先端は、真也の眉間と股間を掠め、床に激突する。由暉の手に残っているのは、折れたスタンドとビデオカメラの残骸だった。

よほど恐ろしかったのか、真也は白目を剝いて失禁していた。

「ゆ……き、さ」

凛は由暉の名前を口にしようとして、声にならなかった。身体が震え、声も震えて、指先が氷のように冷たくなっていく。

そんな凛のもとに由暉は駆け寄り、力いっぱい抱きしめてくれたのだった。

「凛、遅くなってすまない。怖い思いをさせて、本当に申し訳ない」

彼はポケットチーフを取り出し、凛の手に巻いてくれた。

どうしてそんなことをするのかわからなかったが、白いポケットチーフが赤く染まっていくのを見て、自分が手に怪我をしていたことを知った。

(あ……さっきの、ガラス……血が)

由暉は凛を横抱きにして、ベッドから降りた。

「待って……由暉様のタキシードが、汚れるから」

彼はこのあとすぐ、パーティに出なければならないはずだ。血の染みがついたタキシードで、四百人の前に立たせるわけにはいかない。

「そんなことは気にしなくていい。俺はもう、おまえから離れる気はない」

凛の頬に唇を寄せ、軽くキスしたあと、髪に頬ずりまでしてくる。

ホッとして身体から力が抜けていく。

呆けたような顔をしている麗華の横を、由暉は無言で通り過ぎようとした。だが、麗華も我に返ったらしい。

「わたくしのせいではありませんわ！　あなたが、婚約者のわたくしを蔑ろにするから、だから……こ、こちらのお部屋に、いていただこうとしただけです。それを、この方たちが勝手な真似をして……」

本人も苦しいとわかっているような言い訳だった。

だが由暉のほうは、麗華の訴えなど完全に無視している。一瞥もせず、部下たちに後始末を命じるだけだ。

それが面白くなかったらしい。

「あなたに捨てられたら、わたくしはもう生きていけません。それでもよろしいの？　わたくしに何かあれば、あなただってマスコミに――」

とっさに凛の真似をしたようだ。目的は違うが、自殺を盾に由暉を脅し始める。だが、相手が悪かった。

由暉はこの部屋に入ってから、初めて麗華のことを見た。

そしておもむろに口を開き、

「生きていけない？　それは手間が省けてありがたい」

辛辣な言葉をぶつけられ、麗華は顔面蒼白になる。

由暉はこれまで、麗華の前ではとくに、篠原家の御曹司然とした態度を崩さなかった。だが今は、仮面を外して怒りを露わにしている。

「いいか、今回だけ、そのくだらない言い訳を受け入れてやろう。だが、また凛に手を出そうとしたら……この世界から抹消してやる。俺は本気だ、忘れるな」

さすがの麗華も、今度ばかりは、由暉の逆鱗に触れたことに気づいたらしい。彼女は共犯者のふたりを置き去りにして、脱兎のごとく逃げ出したのである。

五十一階、特別階にあるスイートルームに凛は連れて来られた。

ＴＫリミテッドタウンにはメディカルセンターがあり、ほとんどの傷病に対応できるドクターが揃っている。

そのドクターをスイートルームに呼び、凛は怪我の治療をしてもらったのだった。

右の掌は三針も縫う怪我だった。ドクターからは『痛かったでしょう』と言われたが、実はほとんど覚えていない。

あのときは必死だった。

恐怖の量が心の容量を超え、麻痺してしまったのだと思う。痛みも感じなくなっていた。

もし、自分にはもう助けを待つ時間はない、と思ってしまったら、本当に喉を突いていたかもしれない。

そう思うと、

『いえ……だい、じょう、ぶです』

ドクターに答える声が震えて、自分ではどうしようもなかった。

治療を終え、傷口を濡らさないようにシャワーを済ませた。ようやくひと息ついて、凛はバスローブ一枚でソファの隅に丸くなって座ったのだった。

由暉は治療中も凛から離れず、シャワー中もバスローブを手にドアの外で待っていてくれた。

今もミルクたっぷりのカフェラテを持ってきてくれて、そのついでに髪も乾かしてくれている。

「あの……由暉様。どうぞ、パーティ会場に向かってください。主役のあなたがいないと、皆さんがお困りでしょう?」

犯罪まがいのことをしたのだ。さすがの麗華も顔を出せないだろう、と思うが……彼女の面の皮の厚さは優子並みである。

それを思えば、何をしでかすか見当もつかないところが恐ろしい。

(由暉様がわたしの傍にいるってわかってるから、それをいいことに、勝手に婚約発表しかねない。いや、絶対やるわ、あの女なら)

落ちついてくると、凛も怒りが込み上げてくる。

そんな彼女の髪を今度はヘアブラシで梳かしながら、

「主役が俺なら登場を待つだろう? 違うとしたら、客は会長に群がっているはずだ。俺が出て行くまでもない」

「それじゃダメです! あの女なら懲りもせずにしゃしゃり出て、あなたの婚約者として振る舞ってるはずよ」

好戦的になってしまった凛の言葉を聞き、なぜか由暉は笑い始めた。

「さすがの凛も、〝麗華様〟とは呼ばないか」

「礼儀正しくあろうとは思いますが、あの女は許せません！　そもそも、雇用主ではありませんから」

そう望んだわけでも、あらためて教育されたわけでもないが、凛には周囲の空気を読んで一歩下がる癖がついている。

どれほど理不尽なことを言われても、笑って聞き流すスキルは高いつもりだ。

だからといって、負け犬扱いされて引き下がるほど自尊心は低くない。

「でも、ちょっとびっくりしました。前に会ったときが、甘やかされたお嬢様って感じだったので、篠原会長や父親の頭取に泣きつくのが精いっぱいかな、と」

それが、腹違いの弟や父親が彼女につけたらしい部下を使って、凛を拉致しようとは。しかも、乱暴した映像をネタに由暉を脅そうというのだから、恐れ入った。

そんな凛の話を聞き、彼女が過激になったことに理由がある、と由暉は言い始めた。

「ひとつは会長だ。俺の縁談にそれほど熱心じゃなくなった。当然、彼女にとっては力強い味方を失ったことになる」

「それって、わたしのせいですか？」

自称婚約者を追い払う目的で、凛がマンションに住むようになったのだから、むしろ

『凛のおかげ』と言うべきか。

だが、会長を追い払えても、麗華本人を過激にしてしまったのでは……。

(やっぱり、わたしのせい、よね?)

ヘアブラシを置き、混乱する凛の横に座りながら由暉は言葉を続けた。

「もうひとつは父親の円城寺頭取だ。奴は当然、娘が社長夫人になると思って皮算用している。でも、俺の社長就任に待ったがかかりそうだと聞いたら?」

たとえそうだとしても、篠原家と縁続きになるわけだから、円城寺頭取にとってもマイナスにはならないと思う。とはいえ、何がなんでも結婚させよう、という気持ちは削がれるかもしれない。

凛がそう答えたら、

「そのとおり。頭取は娘に——向こうは婚約者がいると言ってるんだ。ごり押ししてスキャンダルになるほうが怖い。この縁談はなかったことにしよう、と言い始めた」

由暉の説明を聞き、麗華の言葉を思い出した。

『わたくしは篠原グループの社長夫人になると、みんなに言ってあるの!』

麗華にすれば、スキャンダルになることより、破談になったと周囲に伝えることのほうが怖かったのだろう。

それにしても、頭取のお嬢様が、よくあんなえげつない手段を思いついたものだ。

そのことを考えたとき、凛はハッとした。

「そうだ……GPS」

「GPS？　スマホの？　あれは今回役に立たなかったな。おまえがホテルの専用入口でハイヤーを降りてから、すべての足取りを監視カメラで追わせて見つけ出した」

今の時代、死角がないくらい監視カメラがある。

建物の中も同じで、凛がどのルートを通ってレセプション階まで上がり、誰と話してどの部屋に入ったのかまで、監視カメラの録画を見ると一目瞭然だ。

ちなみに、ホテル従業員の制服を着た女性は、パーティコンパニオンとしてバイトに入っている女性だった。

女性は、由暉が凛を救出に向かった直後、警備員に拘束されたという。

——今日の社長就任披露パーティでは、新社長と麗華の婚約発表も予定している。加賀美という女はそれを邪魔するために、パーティをぶち壊そうと乗り込んでくる。騒動になる前に、話し合いの場を設けたい。ごねるようなら、篠原会長の名前を出し、会長が力尽くで阻止しようとしている、と言えばついてくるはず……。

そう言われて信じ込み、パーティのトラブルを未然に防ぎたくて引き受けたと、泣きながら釈明したらしい。

だが、額面どおり信じるわけにはいかないようだ。

その女性はけっこうな額のお金を受け取っていた。それに、ホテルの制服を無断借用しており、ことと次第によっては警察沙汰になるという。

「たしかに、あの制服には騙されました。でも、ネームプレートがないことに、もっと早く気づくべきだったのに」

凛がさらに膝を抱え込むと、彼は手を伸ばして肩を抱き寄せてきた。

「制服は信用を得るためにある。それを利用したんだ。パーティコンパニオンの女がよほど小狡いか、それを指示したのが円城寺の娘なら、俺は彼女を侮っていたことになる」

そのとき、GPSのことを思い出し、別の可能性を由暉に告げた。

「麗華さん、わたしからスマホを取り上げたんです。あなたが以前、GPSを使ってわたしを助けてくれたこと、知ってました。ひょっとして、奥様……あなたのお母様が関わっていることは？　あのふたりはどこか似ていて……その可能性って、考えられませんか？」

普通の親子関係なら『まさか母に限って』と言うところだろう。

だが由暉は――。

「あークソッ！　またやられたのか、俺は」

彼は即座に、頭を抱えるようにして首を振った。

「あのふたりが似ていることには気づいていた。だからこそ、手は組まないと思ってたんだ。ひとつの巣に、二匹の女王アリは共存できないから」

女王アリというのはピッタリかもしれない。

共存できないふたりが手を組んだのは、ふたりとも、巣を追われそうになったからだ。

麗華は手に入れたつもりになっていた社長夫人の座を守るため、個室での話を優子に伝え、新しい味方にしようとした。

その一方で優子は、凛と麗華のどちらが操りやすいか比べて、麗華を選んだ。

だが、犯罪ギリギリどころか、完全に刑事事件になるような計画だ。これを立てたのが優子だとすれば、由暉を脅して屈服させ、さらには凛も言いなりにして、麗華のことまで飼い殺しにするつもりだったのかもしれない。

(それなら、女王アリは自分ひとりってことだもの)

全部が優子の計画だと思うと、凛は寒気がした。あまりにも凶悪過ぎて、凛には太刀打ちできそうにない。

由暉を守りたいのに……。

白いドレスシャツの胸にもたれかかり、凛は唇を噛みしめながら悔しさにギュッと目を閉じる。

そんな凛に、由暉の心からの声が聞こえた。

「おまえが無事で、本当によかった。もし、おまえの身に何かあったら……俺はあの男を殺していただろう」

「やめてください、そんなこと。わたしのせいで……なんて」

「それくらい、人生と引き換えにしても、おまえが大事だってことだ」

　優しい言葉とともに、キスが降ってきた。

　ふたりの思いを重ねて、互いの唇を追いかけるように押し当てる。永遠に続けばいいいと思えるくらい、それは長い口づけだった。

　気持ちが盛り上がってきて、凛の指先が彼の頬に触れ——。

　バスローブの袖から手首が見えて、直後、由暉に摑まれた。

「いっ、痛ぁ」

「悪い……あの男だな。本当にすまなかった」

　両手首に紫色に変色した痣ができている。

　真也に摑まれた痕だった。強く握られていた左手首のほうが、痣が色濃く残っている。同じくらい酷いのは、ベッドに突き飛ばされたときに摑まれていた二の腕だろうか。

　それ以外にも、小さな痣をあちこちに見つけた。

　だが、それを口にしたら、彼はもっと謝り続けるだろう。

「大丈夫、たいしたことないですから」

「いや、二度と油断しない。今度こそ、万全の態勢でおまえを守る」

「違います！　わたしじゃなくて、自分を守って!!」

由暉には負けてほしくない。

凛のことで脅迫に屈するような事態にはなってほしくないのだ。

「わたしは、絶対にあなたのことを裏切りません。これまでも、これからも、何があってもあなたの味方でいます。だから……」

彼は凛に溺れていると言っていた。

だが、セックスだけでは嫌だ。心もすべて凛に溺れてほしい。同じ世界に住んでいるというなら、対等に愛し合いたかった。

そのことを言葉にしても許されるのだろうか？

長い間、由暉のことを思い続けた。

同じだけの時間、住む世界が違うのだから夢を見るのも許されない、という劣等感を持ち続けてきたのだ。それは、凛の中から簡単には消えてくれない。

（でも、わたしの気持ちだけは、ちゃんと伝えておかないとダメよ。あなたのことを愛してるから、どんなことが自分の身に降りかかっても、きっと耐えられる。だから、誰に脅されても、決して屈したりしないで、って）

乱暴されそうになって一番悔やんだのは――麗華の言いなりになる由暉を、想像したときだった。

「由暉様、わたし……」

凛が口を開くと同時に、由暉のスマートフォンから着信音が聞こえた。

由暉はそれに出ると、短い返事をしてすぐに切る。そして、面倒くさそうな顔をして凛のほうを向いたのだった。

「パーティが始まったらしい。いい加減、顔を出せというお達しだ」

「あの、パートナーは?」

篠原グループの社長ともなれば、公式なパーティにひとりで出席するのは珍しい。とくに今回は、由暉の社長就任のお披露目だ。妻や婚約者が好ましいが、恋人やガールフレンドでは逆に誤解を招く。その場合、親戚の中から同伴女性を選ぶのが適当だった。

「ひとりで出る。適当な女を連れて出たりしたら、あの連中の一斉攻撃を受けて逃げ出すのが関の山だ。会長とタイマン張れるのは、おまえくらいのもんだよ」

「タイ……わたしは、そんなことしてませんから!」

言い返した凛の髪に触れ、そのまま優しく頭を撫でてくれた。

「本音は、さっきのキスの続きをしたい。豪華なスイートを取ったのも、まあ、目的はアレだからな」

冗談めいた口調だが、その声は緊張を孕んでいる。

由暉はタキシードのジャケットを羽織りながら、

「念のため、ドアの前に警備員を立たせておくから、安心して休んでくれ」

「わたしも、パーティに出席します！」

力強く宣言すると、由暉は目を見開いた。

「いや、でも、右手を縫ったばかりで……」

「掌だから目立たないし、痣が見えないように、ショールでも羽織れば……。大丈夫です。会長だろうが、女王アリだろうが、わたしは逃げません」

凛の真剣な思いが伝わったのか、彼は仕方なさそうに……それでいて、嬉しそうに笑った。

「じゃあ、十分で着替えろ。化粧込みだ。遅れたら置いていくぞ」

「化粧込みは無理です！　せめて二十分」

「十五分」

「十八分にしてください！」

「——あと十四分三十秒」

凛はウォークインクローゼットに駆け込みながら、

「由暉様のイジワル！」

笑いながら叫んだ。

Vネック、シンプルなAライン、エメラルドグリーンのロングドレス。たぶん、凛の瞳の色に合わせてくれたのだろう。

そのドレスを身に着け、十六分後、凛はスイートルームのリビングに立っていた。

白いレースのショールを由暉が取り寄せてくれ、それを肩にかけると、少なくとも二の腕の痣は隠せたのでホッと息を吐く。

エナメルのピンヒールは黒に近いグリーンで、高さは十センチもあった。

普段より五センチは高い目線で由暉と向き合うと、なんだか新鮮な感動を覚える。

「ネックレスとイヤリングは、セットで用意しておいたんだが……また、それか」

彼の言うとおり、アクセサリーは一式揃っていた。

だが、凛が今つけているアクセサリーは、本物の婚約者に見せるため渡されたダイヤモンドの婚約指輪と、オープンハートのネックレス。

このネックレスをつけていると、由暉の顔が微妙に曇る。

つけないほうがいいのかもしれない。でもこのネックレスは、凛が生まれて初めてもらった特別なプレゼント。それも初恋の人――由暉にもらった宝物だった。

「気に入ってるんです。……そんなに、似合いませんか?」

「ああ、似合わない」

ネックレスのこととはいえ、その返事はちょっとショックだ。

仕事用のスーツはパンツスーツが多く、普段着もボトムスはパンツが多い。家政婦のときだけ膝丈のシンプルなスカートを穿くくらいか。

おしゃれな服も、少しだけドレッシーなスカートスーツしか持っていない。

ちょうど、ここのレストランに着てきたようなスーツだ。

でも今は、由暉の用意してくれたロングドレスを着て、精いっぱいのメイクをしている。もちろん、プロのヘアメイクをお願いする時間はなかったので、髪は彼に梳いてもらったままだ。

いつもと変わらない、と言われたら、たしかにそうだが……。

(でも……あのときだって、綺麗って言ってくれたのに)

褒めてもらえると期待していた分だけ、ちょっと、いや、かなり悔しい。

「わたしは、高価なプレゼントを欲しいと思ったことはありません。安物でも、心の籠ったプレゼントのほうが嬉しいです。これは……大切な人が、わたしのために買ってくださったものなので……似合わなくても、べつに構いません」

凛はツンと横を向いた。

すると、由暉は彼女のことをからかうように、

「そりゃ、十六歳の女の子ならよく似合うだろうな。で、おまえは今年いくつになった？」

年齢のことを言われたら、凛には反論できない。

「二十四ですが、何か？」

「いいや。ただ、心の籠もったプレゼントに値段は関係ないんじゃないか？」

彼の言葉に心臓の鼓動が大きく脈打った。

再会して最初に渡されたのが、ダイヤモンドの指輪だったせいかもしれない。そのあとも、いろいろなものを買ってくれようとしたが……全部断っていた。

男女の関係ができてしまったことで、彼が凛とのセックスに、値段をつけているように思えてならなかったからだ。

受け取ったら、凛自身も認めてしまったことになる。

一度そう思ってしまうと、どうしてもその考えから離れられなくなった。

(高校生のときは、そんなこと考えたりしなかったのに……。わたしのために選んでくれた、買ってくれたっていうだけで、嬉しくて……それだけ、だったのに)

不純な思いに囚われていたのは、由暉ではなく凛のほうだった。

そのことに気づいた瞬間、凛は自分が恥ずかしくて堪らなくなる。

「そう……ですね。心の籠もったプレゼントなら……高くても、安くても嬉しいです。もちろん、贈ってくださる人にもよりますけど」

凛がそう言ったとたん、由暉が黙り込んだ。

彼女にすれば、謝罪のつもりだった。由暉がくれるものなら、こんぺいとう一個でも嬉しい。そういう気持ちで答えたのだが、どうも伝わらなかったようだ。

「なるほど、今の俺からもらうものは、値段にかかわらず、心が籠もってるようには見えない、ということか」

「違います……それは……」

凛が釈明しようとしたとき、ふいにドアがノックされた。

それもかなり激しく、かなりの勢いで叩き続けている。

「わたしが、出ましょうか?」

ドアに向かおうとした凛の手を由暉が摑んだ。

「ダメだ。警備員はいるが、この様子は尋常じゃない。おまえは絶対に出るんじゃない」

彼の声からも警戒心が滲み出ている。

直後、由暉のスマートフォンと、スイートルームの電話が、ほぼ同時に鳴り始めた。

まるで警報のように、呼び出し音がけたたましく鳴り続け……凛は今回の騒動が、まだ終わらない気がして、由暉の腕にしがみつくことしかできなかった。

☆　☆　☆

凛がタワーマンションに戻ったのは、ちょうど日付が変わったころだった。

時計の針は零時を指していて、疲れきってリビングの床に座り込んだ。だが、凛よりもっと疲れているはずの由暉は、まだ戻れない。

数時間前、スイートルームにやって来たのは警察だった。

彼らは由暉を傷害罪の容疑で、参考人として任意同行を求めたのである。


——ドアの向こうに立っていたのはホテルの支配人と会社関係者、そして数人の警察官、さらには、大げさなくらいに包帯を巻いた麗華の異母弟、真也だった。

この男がなぜこんな場所にいるのか、凛は由暉の後ろに身を隠した。

彼らの行為はあきらかに犯罪だった。それを知り、警察を呼んだ人間がいたのか、と思ったが……凛はとんでもない話を聞くことになる。

『通報があって駆けつけましたところ、こちらの男性があなたにホテルの客室内で、一方的な暴行を受けた、と言われまして』

俄には信じ難い言葉だった。凛は開いた口が塞がらない。

それは由暉も同じらしく、目の前に立つ全員の表情を探っているかのようだった。

よくよく見ると、警察官たちもどこか落ちつきがない。

彼らは由暉の肩書を聞き、驚いているのだと思う。

何がどうなれば、一流企業の社長がチンピラのような男を暴行することになるのか。それも、最高級のラグジュアリーホテルの客室で、だ。

彼らとしてもわけがわからず、ただ、犯人と名指しされたら捜査しないわけにいかない、といった気持ちがそれぞれの顔に出てしまっていた。

『通報？　それは、ホテル側が通報を？』

由暉が支配人に向かって尋ねると、

『とんでもございません！　わたくしどもとしましても、非常に困惑しております』

支配人は誰より青ざめた顔で答えた。

それも当然だ。警察沙汰にして、ホテル側が得をすることなどひとつもない。ホテルの評判は落ち、富裕層の客が離れていくのが目に見えている。

あのとき、客室内にいた人間にも、通報して得をする者はいなかった。

いなかった人間、優子にしても同じだ。

夫が亡くなった今、優子の切り札は由暉しかない。息子が篠原家のすべてを相続し、そこからお金を引き出せなければ、これまでのようないい思いはできないはずだ。

そのためなら、凜のことなど使い捨ての雑巾も同じ。今回のことで、麗華も使い捨てだとわかった。

だが、それでも、由暉の名誉に傷をつけるような真似はしないだろう。

それなのに、どうして警察がやって来たのか……。

答えは、遅れてやって来た人物の姿を見てわかった。

その人物とは——杖をつき、紋付羽織袴を着た会長、正暉だった。

『由暉、とんでもないことをしでかしてくれたな。社長就任のお披露目前でよかった。週明け早々にも、グループの緊急取締役会を開き、おまえは解任だ！』

厳しい声に全員が息を呑む。

しかし、凜だけはそのまま引き下がるわけにはいかない。

由暉を押しのけ、一歩前に出ようとしたとき——ふたたび、由暉が彼女の前に立ち塞がった。

『あの部屋に、おまえがいたことは一切口にするな。何を聞かれても知らない、ずっとこのスイートにいた、と答えるんだ。——いいな』

彼は凜に向かって早口で告げると、警察官に向き直った。

『暴行の件は黙秘する。だが、任意同行には応じよう。ただし、取り調べは弁護士を呼んでからだ』

実に堂々とした態度で言い放つ。

逆に、被害者と名乗り出た真也のほうが、ちょっとしたことで身体を震わせ、顔を隠すようにうつむいたままだった。

由暉は首に結んだタイを外し、凛に手渡す。そのとき、人目を気にする素振りも見せず、唐突に抱き寄せ、彼女の耳たぶにキスした。

いきなりのラブシーンに全員が唖然とする。

だが、彼の目的は別にあった。

『すぐに戻る。俺を信じて、待っててくれ』

由暉の言葉に、凛は力いっぱいうなずいた――。


どうして、こんなことになってしまったのだろう。

パーティは急遽中止になった。招待客にはろくな説明もできないまま、引き揚げてもらったという。

多くの人が怒っていたと聞き、凛にすれば心苦しいばかりだ。

その間、彼女は何もできず、ただスイートルームにとどまっていた。『すぐに戻る』という彼の言葉を信じたかった。だが、それは数時間ではなかったようだ。

二十三時を回ったころ、会長の部下という男性が現れ、凛はスイートルームから追い出されたのである。

『麻布十番のマンションも、明日中に退去願います』

その言葉を告げられたとき、凛は由暉がすべてを失ったのだ、と思った。

（警察の前で、本当のことを話すべきだった？　でも、そんなことをしても、会長が何かしたわけじゃないし……）

凛を拉致監禁した罪は、麗華の証言さえ得られれば、優子まではたどれるかもしれない。だが、由暉の無罪を証明するまでに、会長が由暉に与えたすべてを取り上げてしまう可能性のほうが高い。

考えても考えても、彼を救う手立てが思いつかなかった。

朝になれば、警察署まで行ってみよう。逮捕されたわけではないのだから、きっと会わせてもらえるはずだ。あるいは、帰宅も許されるかもしれない。

それ以上に、由暉に会いたい。

今、会わなければ、また何年も……いや、一生会えない気がする。

凛はドレス姿のままソファにもたれかかり、絶望的な思いで一夜を明かすことになった。

夢の中で由暉の声が聞こえてきた。

――凛、手は痛くないか?

今は彼自身が大変なはずなのに、自分のことより、彼女の身を案じてくれる。

――もう、離れない。一生、おまえの傍にいる。ふたりで幸せになろう。

それはまるで、本物のプロポーズみたいだった。

優しくて大きな手に髪を撫でられ、凛はやっと落ちついてきた。

由暉が警察に連れて行かれるなんて……そんなことあるわけがない。

「離れたくない……ずっと、傍にいて。ずーっと、ず――っと、わたしの傍にいて……ひとりにしないで」

心の中で呟いていたつもりが、いつの間にか声に出していた。そして、声の聞こえたほうに手を伸ばし……凛は指に触れたものに、思いきり抱きつく。

「だから、いると言ってるだろう?」

やけにはっきりと聞こえ、凛はぼんやりと目を開ける。すると、目の前に由暉の顔があり、声を上げる間もなく、唇を塞がれていた。

重ねた唇の隙間から、必死で息を吸い込む。

ところが、それすらも奪われそうになり、息苦しくなって、凛はようやくはっきりと目を覚ました。

「ゆ、ゆう……き、様……本物、ですか？」

「いつまで寝ぼけてるんだ？　いいか、俺の家族はもう、おまえだけなんだから」

「家族……え？　家族？」

　この部屋に戻ったとき、凛はソファに座ったつもりだった。だが、どうやらラグの上に腰を下ろし、ソファの座面を枕にウトウトしていたらしい。

　いや、そんなことより――。

「逮捕……逮捕は？　釈放されたんですか？　もう、大丈夫なんですか？　それとも、また、警察に呼ばれたり……」

「とりあえず、落ちつけ！」

「落ちつけません！　会長が……あなたを解任するって言ってたでしょう？　それに、このマンションも退去しろって、明日……いえ、もう今日です。わたしに、できることはありませんか？　なんでもおっしゃってください！」

　凛は思いついたままを口にする。

　すると、由暉もラグに座り込み、ふいに相好を崩したのだった。

「いいか、よく聞けよ。村田真也は嘘をついたと白状して、傷害事件そのものがなくなった」

「……なくなった」

「そして、緊急取締役会は今日開かれる。議題に上がるのは〝会長〟の解任決議だ。間違いなく可決され、奴はこれでおしまいだ」

「……おしまい」

凛はオウム返しのように呟く……彼女の知らないところで、それもたったひと晩で、事態は急展開していた。

まず、真也にとんでもない訴えを起こさせたのは、やはり会長だった。

真也の裏に麗華がいて、その裏に優子がいることを突き止めた会長は、これを好機とばかりに飛びついた。きちんとした調査もせず、由暉を罠に嵌めようとしたのだ。

だが由暉は、篠原家にとってただひとりの後継者だ。

少なくとも、会長はそう思っているはずなのだが……。

「篠原博暉は結婚前、交際していた女性に子供を産ませていたらしい――という情報を流してやったんだ。すると会長は、嬉々として調査を始めたぞ」

由暉は、なんともあっさりと答える。

たしかに、父親の博暉から最期まで認めてもらえなかった、そんな彼の悔しい気持ちは察してあまりある。だが、その一方で……何も知らない人間を、血の繋がりだけで巻き込むのは、間違っているように思えてならない。

「由暉様、それは……あの会長にばらしてしまうのは、ちょっと」

「ばらしたわけじゃない。この俺が、本気を出しても見つけられなかったんだぞ。現役を退いた年寄りに、簡単に見つけられると思うか？」

由暉は自信満々に言うが……。その隠し子を見つけたからこそ、由暉を罠に嵌めようとしたのではないだろうか？

凜がそう尋ねると、彼は信じられない返事をしたのだ。

「俺を誰だと思ってる？　目には目をって、知ってるか？」

由暉は、子供のころから見てきた会長たちの手口を真似ただけだという。

彼は裏で手を回し、会長に博暉の隠し子を見つけさせた。もちろん、由暉の仕込んだ偽者だ。しかもパーティ当日、隠し子は金で転ぶ男、傀儡にちょうどいい、という情報を与える。てきめん、会長は気をよくして、気に入らない嫁とその息子を追い出しにかかる、という筋書きだった。

ただ、そのきっかけとなる出来事は、凜を伴うことで会長の望む婚約発表をぶち壊す、という程度を予定していたのだが……。

「まさか、警察まで引っ張り出すとは。危うく、手錠をかけられるところだった」

苦笑するが、凜にすれば笑い話ではない。

そして人間は、『勝った』と思っているときが、最も油断しているときだという。

由暉は会長に勝利を確信させ、足をすくった。叔母の夫である三谷も、メインバンク頭取の円城寺も、すでに味方に引き入れていた。

「この一年で味方を増やし、資金も作って奴の株券を紙くず同然に変えてやった。奴が隠し子の件で必死になってるうちに、取締役会の根回しも済ませてある」

凛には気落ちしているようなことを言いながら……。

彼は一年も前から、着々と準備を進めてきたのだ。会長の前で凛に夢中になっているような言動も、敵を油断させるためのお芝居にすぎなかった。

すべてを聞かされると、裏切られたような気持ちになる。

「会長にまいた餌って、こういうことだったんですね」

「おまえに言ったら、酷いって怒るだろう？」

「会長は……ひょっとしたら、子供の交際相手をチェックしていたかもしれません。当時の情報が残っていたら、簡単に見つけ出したかもしれないんですよ」

責めるつもりはないのに、つい責める口調になってしまった。

すると由暉は、凛の言う懸念をあっさりと認める。

「それの何が悪い？」

「それは……」

「同じ父親の血が流れているなら、巻き込まれるのは必然だ。でも会長は、子供のことは完全にコントロールできている、と思ってたんだろうな」

残念そうな声に、凛はようやく由暉の本心がわかった。

「ひょっとして……会長なら、見つけ出せるかもしれない。そう思って？」

「まさか、どうして俺が」

「家族……だから？」

由暉の頬が少し赤くなった気がして、凛は彼の言葉を思い出した。

「家族が、わたしだけって……さっき、そう言いました？」

「ああ、俺はひとりっ子で、祖母と父は亡くなった。祖父も母もあのとおりで、一緒に暮らすことは一生ないだろう。おまえがいなくなれば、俺は完全にひとりだ」

由暉は優しい人なのだ。

何年も何十年もジッと耐えてきた。

彼にとって、こんぺいとうが特別なのは、それがたった一度、父親の温もりを感じた遊園地に繋がる思い出だからだろう。

学費を出してくれた博暉に、感謝の気持ちを忘れたことはない。

だが今は、血の繋がった兄の存在を教えながら、その男性に会う機会も与えず、由暉にだけ責任を押しつけて逝ってしまった博暉が憎らしい。

凛は手を伸ばし、由暉の首に抱きついた。

「旦那様の言葉なんか、信じなければよかった。六年前、あなたが……わたしに不埒な真似をして、後悔してるって言われて……黙って篠原家を出てほしいって。でも、本当はあなたの傍にいたかった」

「なるほど……俺は逆だ。おまえから、金を要求されてるって言われた。あの父が、俺たちのことに気づくわけないと思ってたから、逆に信じた。――まいったな」

やっぱり、思ったとおりだった。

車の中で優子にそれらしいことを聞かされた。本人の言葉を聞かず、決めつけることはしたくないが、博暉が双方に嘘を言ったことは疑いようがない。

優子から聞いたことを伝えると、

「だったら、あの人が一枚噛んでるのかもな」

そう口にした由暉は、思いのほか沈んだ声だった。

たしかに、優子なら何かたくらんだ可能性は大きい。彼女はこれからもずっと、息子に対してあんな仕打ちをする気だろうか。

「奥様は……本当に厄介です。あれじゃ、由暉様がお嫁さんをもらっても、逃げられてしまいそうですね」

「逃げる？　おまえ、俺から逃げる気か？」

「いえ、わたしは……ずっと、傍にいます。ああ、でも、この指輪はもう……返さないと」

もう二度と、自称婚約者は現れない。

強引に入籍される心配はなく、当然、凛と入籍しておく必要もなくなった。そもそも、由暉の提案は本気だったのだろうか？

「本当に、入籍するつもりだった……なんて、そんなはずないですよねぇ」

凛は努めて明るい声で尋ねるが、

「もちろんだ」

こんなにもきっぱりと言われたら、覚悟していてもショックだ。

ところが、そのあとに続く言葉に、凛は混乱した。

「中途半端に入籍だけして、おまえを家に隠しておく気はない。堂々と婚約発表をして、大々的に結婚式も行う。そうすれば、おまえの母親もきっと会いに来るさ」

由暉は何を言わんとしているのだろう？

ポカンと口を開けたまま、彼をみつめていた。

「住む世界がどうとか、言うんじゃないぞ。六年離れていても、ニューヨークで金髪の美女に囲まれて過ごしても、それでも、おまえのことが忘れられなかった。きっと、六十年経っても忘れない」

彼がアースアイと呼んだヘーゼルの瞳が、煌めく波のように揺らめいている。

由暉の顔をジッとみつめていると、涙で滲んでよく見えなくなった。

「でも、わたしが妻だと……由暉様にご迷惑をかけませんか？」

「それっておまえ……ずっと家政婦として、傍にいるつもりだったのか？」

凛はうつむきながら、

「ちょっと、違います。家政婦兼——愛人、とか」

予想外の返事だったのか、由暉は苦笑いを浮かべた。

「父に学んだことがある。人生の最期を迎えたとき、あやまちを悔いながら、死ぬのだけは御免だ」

その言葉を聞いて、凛はようやく得心がいった。

どうして博暉が息子を傷つけるような言葉を残したのか、きっと由暉に『父のようになりたくない』と思ってほしかったからだろう。

「わかりました。じゃあ、妻として、ずっと傍にいます」

「本当だな？」

「はい。もう、絶対に離れません」

「凛、そのネックレスを贈ったときから、おまえのことが好きだった。誰よりも、何よりもおまえを愛してる」

ふたりは吸い寄せられるように唇を重ね、リビングのラグの上に倒れ込んだ。

ドレスの肩の部分がずらされ、露になった白い肌を由暉は唇でなぞっていく。

もし、彼が警察から戻って来られなければ、凜が訪ねるつもりだった。万にひとつ、刑務所に入れられたときは、彼が戻って来るまで、いつまでも待とうと思っていた、と。

凜が泣き笑いを浮かべながら伝えると、

「俺があの野郎を、ボコボコにしたわけじゃないぞ。血だらけになっていたのは、勝手に破片の上を這い回ったからだ」

そういえば、振り上げたビデオカメラのスタンドも、床に叩きつけただけで、あれで殴ったわけではない。

だが、凜の二の腕を見たとたん、

「でも、二、三発……いや、五、六発は殴るべきだった」

紫色の痣の上にキスしたあと、由暉は右手も優しく撫でてくれる。

ほんの少し引き攣る感じがして、ヒリヒリした痛みが走った。

そういえば、由暉が警察に連れて行かれたことにショックを受け、痛み止めの薬を飲むのを忘れていた。

「痛むようなら、今日はやめようか？」

「それはイヤ……本物の婚約者として、本気で抱いてほしいの」

凛は必死で思いを伝えようとする。

すると、由暉は一瞬、動きを止め……彼女の顔を食い入るようにみつめてきた。

「いつも、百パーセント本気なんだが」

胸の谷間にキスマークをつけたあと、眩しいくらいの笑顔を向けてくる。凛は嬉しくて、幸せで、それでも気になっていたことを口にした。

「わたしを……妊娠、させたくないって……でも、本当に結婚するなら、平気でしょう？」

「凛、おまえ」

「一度だけ、一度だけでいいの。その、何も気にしないで、愛し合いたいっていうか。夢中になって、何もかも忘れるっていうのも……経験したいって、いうか」

言葉にするうちに、凛は自分がとんでもなく恥ずかしいことを口走っていることに気づいた。

「こらこら、性知識は小学生のまんまか？　一度でも、妊娠するときはするんだぞ」

「そ、そうよね。ごめんなさい。忘れてください」

凛は慌てて謝った。

そして失言をごまかすように、由暉のドレスシャツのボタンを外していく。

すると、彼は可笑しそうに説明し始めた。

「六年……いや、初めておまえを抱きたいと思ってから八年だぞ。やっと叶った夢なんだ。もっとふたりで、たっぷり楽しみたいだろう?」

それは、本当にわかりやすくて、恥ずかしくなるような理由だった。

由暉の顔を見ると、彼は少年のような照れ笑いを浮かべている。

「避妊にこだわる理由って……ソレ?」

「そりゃ、何も隔てずに繋がって、好きな女の膣内に思いっきり射精すのは男のロマンだ。親になるのも、おまえとなら楽しそうだし。でも今は、ひとつ屋根の下に暮らしながら、我慢してた分も愛し合いたい」

ずっと何かが引っかかっていた。

途中でやめてしまえるくらい、凛を妊娠させることが嫌なのかと思うと、切なさに胸が張り裂けそうだった。

それが、拍子抜けするような理由を聞き、凛は顔が赤くなる。

「もう……由暉様……由暉さんのエッチ」

由暉は雇用主ではなく愛する男性だ。

凛の中にあった壁がなくなったことを、由暉は敏感に察したらしい。

「そのとおりだ。じゃあ、俺が理性をなくすくらい、誘惑してみてくれないか?」

彼も覚悟を決めたとばかり、黒のカマーバンドを外したあと、ドレスシャツを一気に脱いだ。

トラウザーズの前も寛がせて、黒のボクサーパンツを少しだけずらす。

ブルンと飛び出した欲望の滾りに、凛の目は釘付けになる。

(あんなになってるのに、これ以上、誘惑って必要ないんじゃない?)

だが、期待に潤んだまなざしを向けられると……凛の躰も熱を帯びて、甘い蜜液が滴り落ちそうになる。

上半身を起こし、しどけなくはだけた胸元を片方の腕で隠した。

脚をわずかに開き、ドレスの裾をゆっくりと持ち上げていく。少しずつ、純白のガーターベルトと、玉のような艶めく太ももが露になる。

彼は凛の太ももをみつめながら、大きく息を吐いた。

「大事なところは見せなくていいから、ショーツを脱いでくれ」

熱を孕んだ声に、彼より先に凛の理性が溶けてしまいそうだ。

足の付け根までドレスを捲り上げ、ショーツに指をかけて、凛は徐々に脱いでいった。

腰を浮かせ、ヒップからクルンと外す。

おもむろに引き下ろすと、爪先から抜き取った……凛は膝を立てたまま、大きく脚を開いていく。

「こ、こういうのって、少しは、誘惑になってる?」

「ああ、すっごく、なってる」

由暉はラグの上に座り込み、凜に向かって手を差し出した。

「俺の上に乗ってみてくれ」

「えっと……そのまま?」

自分から言い出したことなのに、いざとなると恥ずかしい。

「ほら、俺が理性を取り戻す前に、跨ったほうがいいぞ」

凜は膝立ちで彼に近づき、言われるままに跨った。

そのまま、緩々と腰を落としていく。灼熱の棒が彼女の秘所をツンと突き、やがて、胎内に入り込んでいった。

「はあぁっ」

ヌメリを帯びた肉棒は、凜の躰をいっぱいにしていく。

ドレスの下から蜜音が聞こえてくる。

グッチュ……ズッチュ……。

ふたりが繋がっている部分が見えないことで、よけいに猥らな音に聞こえるのはどうしてだろう。

「由暉……由暉さん、好き、好き……大好き……あぁ、あっん、あぁんっ」

一度、口にしてしまった言葉は、もう止められない。

凛は懸命に腰を動かした。慣れない腰つきで、上下左右に振る。由暉に喜んでほしくて必死だった。

その思いは伝わったようだ。

「好きだよ。愛してる。可愛い凛、おまえが欲しかった、おまえだけが。すべてを俺のものにしたくて……高校を卒業したら、処女を奪う計画だった」

由暉は大胆な告白をしながら、凛の躰を突き上げ始めた。

愛してる——彼の口から、その言葉を聞ける日がくるとは思わなかった。今の凛は信じられないほど幸せだ。

次の瞬間、由暉の動きが激しくなる。

「あっ……あ、あ、あ……やぁっ、由暉、ゆう……由暉さ、んっ、やあーっ!!」

凛は全身をガクガクさせながら、快楽の海に身を投じた。

「逃げるなら、今のうちだ」

グッタリする凛の身体を、ラグの上に押し倒した。優しく揺らしながら、彼は短い言葉で告げる。

凛にすれば、彼から逃げることなど考えられない。

「ど……して、逃げる、の？　わたし、由暉さんの……あ、赤ちゃん、欲しいな」

頬を染めて、できる限り可愛らしい声で伝える。

（また、十六歳の女の子が言うなら可愛いけど、とか言われそう）

だが、今回は違った。

凛の反応がツボを突いたのか、由暉の抽送は一気にスピードを上げる。

達したばかりの躰を荒々しく揺さぶられ、それはいつもより、もっと深い部分まで届いている感じがした。

「やんっ、やっ……ダメ、ダメ、達った、ばかりだか、ら……あっ」

「凛……凛……クッ！」

蜜窟の天井に、熱い飛沫が吹きつけられる。

初めて感じる白濁の奔流に、凛は押し流されていく。細胞のひとつひとつが彼の放った命と結びつき……。

ふたりは至福の時間を手に入れたのだった——。

エピローグ

五月中旬――。

由暉は凛を伴い、都内の弁護士事務所を訪れていた。

会社が契約している大手事務所の顧問弁護士たちとは違い、小さな事務所で弁護士はたったひとりだ。父、博暉の大学時代の親友だという。

『博暉氏から手紙を託されています。あなたが、加賀美凛さんとの婚約、あるいは結婚を発表した場合のみ、渡してほしいとのことでした』

そんな連絡を受け、よくわからないまま、とりあえずやって来た。

「やっとあの連中を追い出して、家に戻れたんだぞ。会社も落ちついてきたところで……いったいなんだっていうんだ!?」

会長を解任された祖父は、数日前、鎌倉（かまくら）の別邸に移った。

世話をする家政婦はこれまでどおり、看護師も住み込みなので、高齢者のひとり暮らしとは言えないだろう。別々に暮らすのがお互いのため、と判断した。

それは母も同じだ。

会長と違ってかなり揉めたが、定期的に金を渡すことを約束し、白金台のマンションで当座は過ごすことになった。数ヵ月中に長期の海外旅行に出るという。

母が麗華を使って凛にしたことは、とうてい許し難い。

だが今は、篠原グループを率いていくため、由暉にとって大事な時期だ。いつまでも母の問題にかかわっていることはできなかった。

苛々する由暉と違って、凛のほうはかなり前向きだ。

「まあまあ、落ちついて。ひょっとしたら、お兄さんの素性が書いてあるかもしれないでしょう?」

父に憧憬を感じていたのは、幼稚園のころまでだ。

それ以降は、仕事以外に興味のない人間だとわかっていながら、せめて親子らしいかかわりが持てないものかと、トラブルのない距離を取っていた。

その父から、手紙の中身を想像するなら――。

「わからないぞ。今度は腹違いの弟が出てきて、その後始末かもしれない」

「由暉さん、それって……笑えませんから」

今以上、大変なことにならないよう祈りつつ……由暉は白い封筒から手紙を取り出した。

【――由暉へ
婚約、結婚おめでとう。

この手紙を読んでいるということは、おまえが愛する女性と再会し、彼女を手に入れたということだろう。

六年前、私は優子から、おまえと加賀美さんの関係を聞かされた。

あのときは、おまえが高校生の彼女を傷つけることを恐れ、慌てて引き離した。

それが間違いだと教えてくれたのは、入院中の私を訪ねてきた、当時、我が家に家政婦として勤めていた女性だった。

女性は六年前、おまえの部屋から指輪を盗んだという。

正確にいえば、ゴミ箱から拾ったものだそうだ。おまえにも心当たりがあるだろう。

女性が盗んだと言っているのは、探しに来たおまえに『知らない』と嘘をついたためだと話してくれた。女性はうちを辞めたあと、身につけることも、売ることも、捨てることもできず……。身内の不幸が続いたこともあり、自ら悔い改めて、返しに来てくれたのだ。

だが、その指輪に彫られた名前を見たとき、私は自分の間違いに気づいた。

墓の中まで持っていこうと決めていたあやまちを、おまえに話すと決めたのは、そのときだった。

尊敬に値しない、愚かな父だと蔑まれても構わない。

どうか、悔いのない人生を選んでください。

最後に、
由暉、おまえは私の誇りです。私を父親にしてくれてありがとう。

篠原博暉】

白い封筒から小さな指輪がポロリと落ちた。捨てたときはケースに入っていたはずだが、今は指輪だけになっている。

「それ、指輪ですか？　いったい、誰の……」

凛は不思議そうな顔で見ている。

手に取って見れば、『Rin』の文字が彫ってあるので一目瞭然だ。凛も自分あてのこんな指輪があったとは思わず、驚いたようだ。

だが、それ以上に驚いているのが由暉本人だった。

四歳のころ、父とはぐれて迷子になった。二十四年ぶりに、やっと父に会えたような気がしてならない。

　そのとき、弁護士から意外な言葉をかけられた。

「腹違いのお兄さん、会ってみられますか？」

「まさか、会えるんですか!?」

「絶対に、とは。私も名前は存じませんので。ただ、双方が連絡を取りたいと望んだ場合のみ、同時に素性が明かされます」

「では——」

☆　☆　☆

「由暉さん、ちょっと落ちついてください」

　例の弁護士に異母兄との面会を申し出た数日後、由暉は念願のプロフィールを手に戸惑っていた。

　名前を知ってさらに落ちつかなくなり、いっそキャンセルしようかと言って凛に叱られてしまう。

「霧島暉さん、レベラーグッドの社長さんですよ。由暉さんもご存じでしょう?」

「ああ、名前は知ってる。変わった字だから、よけいに覚えてたんだ」

篠原家の男子には必ず付けられる『暉』の漢字。他家ではめったに見かけないため、妙に印象に残っていた。

「シオン各店に入ってるゲームセンターにはレベラーグッドさんのアーケードゲームがありますからね。由暉さんだって、一度くらい遊んだんじゃないですか?」

凜は無邪気に笑っているが、ゲームセンターで遊ぶような呑気な学生時代は過ごしていない。それどころか、ゲームで遊ぶなどもってのほか、と言われ、携帯ゲーム機のひとつすら買ってもらえなかった。

そんな子供時代のトラウマがあるので、ゲームといわれても、ピンとくるものは全然ない。

凜にそのことを話すと、

「えーっと、でも、ほら、同じ社長さんなわけですから、由暉さんも以前は商社勤めもされてたじゃないですか。経済方面の話題とか」

「商社で俺が取り扱っていたのは、石油関連なんだが」

「……」

さすがの凜も困ったらしい。

「そういえば、向こうも婚約者同伴らしい。おまえより若いそうだ。凛、いじめるなよ」

「いじめませんから！　ところで、ないとは思うんですが……麗華さんみたいな人は現れませんよね？」

「おまえ、怖いこと言うなよ」

想像するだけで、冷たい笑いが浮かんでくる。だが、そのシュールな想像のおかげで、少し緊張がほぐれてきた。

「まあ、大丈夫だろう。俺の兄貴なら、女を見る目はあるはずだ」

さらっと口をついて出た言葉だったが、

「ええ、わたしもそう思います。きっと、霧島さんもいい方ですよ。だって、あなたのお兄様ですから」

凛の笑顔につられて由暉も微笑む。

ふたりを取り巻く幸せな未来は、すぐそこまできていた――。

あとがき

こんにちは、御堂志生（みどうしき）です。この本をお手に取っていただき、本当にありがとうございます。コラボ執筆のきっかけは二年前、『わたしのイチオシオパール文庫作品』で玉紀（たまき）先生が拙著をおすすめしてくださったこと。同じテーマで書けたらいいね、作家同士のおすすめをピックアップしてくれるオパールさんなら書かせてくれるんじゃない、企画書出してみようか……とふたりで盛り上がり、今回めでたく刊行していただけることになりました!!　うちの弟ヒーロー、御曹司なのにかなり不憫な子です。元々すぐに昼メロ展開になってしまう作風なので、気をつけたつもりなんですが……うーん、どうかな？（汗）

イラストは初めてお世話になります、大橋（おおはし）キッカ先生。二作同時だったので、とても大変だったと思います。ええ、誰のせいだ、と言われたら……（土下座）それにもかかわらず、イメージどおりのふたりに仕上げていただき、本当にありがとうございました!!

昔からの読者様には、きっと楽しんでいただけると思います。

担当様をはじめ関係者の皆様、夢を形にしていただき、感謝の言葉しかありません。

最後に、直（なお）さん、十年間ずっと仲よくしてくれてありがとう。

十年後もお友だちでいられますように――。

私を支えてくれたすべての方に、心からの感謝を込めて。

御堂志生

ありがとう
ございました！
大橋キッカ

御曹司社長は初恋の幼なじみを逃がさない

オパール文庫をお買い上げいただき、ありがとうございます。
この作品を読んでのご意見・ご感想をお待ちしております。

ファンレターの宛先
〒102-0072 東京都千代田区飯田橋3-3-1
プランタン出版 オパール文庫編集部気付
御堂志生先生係／大橋キッカ先生係

オパール文庫&ティアラ文庫Webサイト『L'ecrin』
http://www.l-ecrin.jp/

著　者――**御堂志生**(みどう しき)
挿　絵――**大橋キッカ**(おおはし きっか)
発　行――**プランタン出版**
発　売――**フランス書院**
〒102-0072 東京都千代田区飯田橋3-3-1
電話(営業)03-5226-5744
　　(編集)03-5226-5742
印　刷――誠宏印刷
製　本――若林製本工場

ISBN978-4-8296-8368-2 C0193

Op8330

好評発売中!

幼なじみの
御曹司社長に
熱烈プロポーズ
されました。
ハツコイ婚
御堂志生
Shiki Mido
Illustration
辰巳 仁
朝まで寝かせないからな
幼なじみの隼人と再会した藤花。
蠱惑的な大人の男になっていた彼は
仕事の窮地を救ってくれたが、
「報酬はお前だ」と迫って来て!?

ロイヤル・プリンスの求婚
今日から私がお姫様
Shiki Midou
御堂志生
Illustration
辰巳仁
プリンセスは
君しかいない
庶民の私が本物の王子様・レオンに甘く囁かれ、
優しく淫らに抱かれて……。
お姫様の「夢」は、王子の熱烈なプロポーズで現実に!?